AF146338

Pfeffererdbeeren
und andere, ziemlich wahre
Kurzgeschichten mit Pep!

2. Auflage
© Anna Dorb 2014
www.anna-dorb.de

Mein verbindlichster Dank geht an:

Andrea Kuritko für die Erstellung des Titelbildes
www.kuritko.com

Silvija Hinzmann für das Trüffelbild
www.silvija-hinzmann.de

Mark Galsworthy für die Umschlaggestaltung
www.galsworthy.de

Herstellung und Verlag:
BoD - Books on Demand, Norderstedt
ISBN: 978-3-7322-4375-4

Bibliografische Information der Deutschen Nationalbibliothek
Die Deutsche Nationalbibliothek verzeichnet diese Publikation in der
Deutschen Nationalbibliografie; detaillierte bibliografische Daten
sind im Internet über https://dnb.d-nb.de abrufbar

Pfeffererdbeeren
und andere,
ziemlich wahre
Kurzgeschichten mit Pep!

Inhalt

Aus dem Stegreif

Ich liebe diese Abendspaziergänge.
Im Sommer, wenn es tagsüber so dermaßen heiß war, dass das leichte Kleidchen noch immer pappt und es jetzt erst langsam beginnt, sich von der Haut loszulösen.
Die Dämmerung ganz sachte über uns hereinbricht und der Blick über die grünen Wiesen den Augen so gut tut.
Die Kühe lautstark das taufeuchte Gras abrupfen und die Grillen um die Wette zirpen.

Nur wenige Menschen kreuzen unseren Weg. Sie sind längst zuhause und liegen vermutlich brach auf der Couch vor dem Fernseher oder sitzen vor ihrem Computer. Wir gehen an einem Bächlein entlang über einen Steg, bei dem mir einfällt, dass hier beim letzten Mal eine Schlange oder Natter das Weite suchte, als wir darüber schritten. Am Bauernhof hören wir die Schwalben unter dem Dachvorsprung und dann kommt's!
Ich sage: „Guck! Ein Reh!"
Er fragt: „Wo?"
„Na dort! Der hellbraune Punkt!"
„Meine Güte, hast du gute Augen."
„Naja, ich suche sie ja auch immer."
„Trotzdem, für mich könnte das auch wer weiß was sein."
„Nehehehe. Das ist ein Reh. Schau! Jetzt schaut es – jetzt frisst es - jetzt schaut es wieder ..."
Mit den Handrücken berühre ich meine Wangen.
Sie sind jetzt kalt und auch die Arme fühlen sich kühl an.
Endlich erfrischt.
Er: „Schau, dort ist auch ein Reh."
„Ha! Guter Versuch ... Das ist eine Kuh."

Wir gehen weiter...

Ein Jahr beginnt mit einem Feuerwerk

Feuerwerker -
oder: Lachsalven sind doch auch ganz schön

Ein Blick auf die Wohnzimmeruhr verriet die Zeit. Es war
23:15 Uhr. Noch eine Dreiviertelstunde bis zum
Jahreswechsel. Edgar und seine Frau hatten ausreichend
gespeist und ein Gläschen Wein getrunken.
Den obligatorischen Silvester-TV-Dauerbrenner: „Dinner
for one" hatten sie zwar schon am frühen Nachmittag
gesehen, doch was sollte sie von einer nochmaligen,
späteren Vorführung abhalten? Das weitere, äußerst
miserable TV-Programm vielleicht? Bestimmt nicht!

Nun jedoch war es an der Zeit aufzubrechen, um ihr ganz
persönliches Silvester-Ritual in Angriff zu nehmen.
Die eisgekühlte Flasche Sekt samt diverser Gläser, deren
eventueller Verlust nicht gerade Betroffenheit auslösen
würde und das Silvester-Raketen-Sortiment Marke:
„Silberstreif am Horizont" waren schnell in praktische
Rücksäcke verstaut, als Martha ihren Edgar daran
erinnerte, dass er keinesfalls das notwendige Feuerzeug
vergessen dürfe.
„Ach ja, freilich. Gut, dass du es sagst." Meinte er gut
gelaunt. Er griff in die Schublade, in der sich die
gesammelten Feuerzeuge, Streichholzschächtelchen und
-briefchen der letzten 45 Jahre befanden, und steckte
sich das erstbeste Teil in seine Jackentasche.

Frohen Mutes zogen sie von dannen, um sich auf den naheliegenden Kreuzberg zu begeben, von wo aus sie, gemeinsam mit einigen befreundeten Ehepaaren, ihr Feuerwerk abfackeln konnten, damit es weithin sichtbar sein würde.

Oben angekommen wechselte die beschauliche Nachtstimmung sofort in geschäftiges Treiben; die Freunde begrüßten sich herzlich und lautstark. Sämtliche mitgebrachten Raketen und Sternchenwerfer aller Beteiligten wurden in den Schnee drapiert und die Sektkorken knallten beim Öffnen der Flaschen, weil diese vom Fußmarsch durchgeschüttelt waren.

Dennoch konnten alle Gläser gefüllt werden und das Perlen des Deutschen Schaumweins war zwar leise aber eindeutig wahrzunehmen.

Gerade rechtzeitig, denn eben schlug es *Zwölfe* und die Freunde konnten gemeinsam auf das neue Jahr anstoßen. Den Herren musste ein kleines Schlückchen genügen, denn die Zeit macht niemals Pause und sie kamen ja eigentlich hierher, um ihren Teil zum Feuerwerk beizutragen.

Leider stellte sich schnell heraus, dass es von den fünf anwesenden Herren lediglich einer geschafft hatte, Entzündungsmaterial mitzubringen, und das auch nur dank des Mitdenkens seiner Gemahlin.

Also war es an ihm, das komplette Raketensortiment abzufackeln. Ein Feuerwerk, das dem städtischen durchaus Konkurrenz hätte machen können. –

Wenn es denn gebrannt hätte!

Zunächst freute sich der Edgar diebisch über die Unzulänglichkeit seiner Freunde und grinste im Schutz der Dunkelheit von einem Ohr zum anderen. Lässig wedelte er mit seinem Streichholzbriefchen durch die Luft und meinte ein kleines bisschen schadenfroh, dass sich dieses Teil leider nicht zum Teilen eignen würde.

Er klappte es auf und stellte sehr zu seiner eigenen Beruhigung fest, dass es sogar noch komplett war.
Alsbald brach er eines davon heraus und strich damit an der Innenlasche. Doch es brannte nicht. Nicht einmal ein kleines Fünkchen war auszumachen.
Auch nicht nach dem achten Versuch!
Die Freunde standen um ihn herum und grinsten nun ihrerseits in sich hinein: „Komm schon Edgar, mach hinne! Auf was wartest du denn noch?" Edgar raunzte zurück: „Ja Herrschaftszeiten, wenn's doch nicht brennt!" Edgar nahm sich ein zweites und ein drittes Hölzchen und versuchte weiter sein Glück.
Doch keines der Hölzchen wollte sich entzünden.
Spott machte sich breit: „Mensch Edgar, wie alt sind die denn? Hast du die noch aus dem Schützengraben?"
Oder: „Wie lange hast du sie schon in Deinen verschwitzten Händen? Sie scheinen zu feucht geworden zu sein, he?" Und: „Hast du die aus dem Main gefischt oder was?"

Schließlich erbarmte sich Karl-Otto. Mit den Worten: „Komm, gib mir das mal her!" nahm er ihm das Briefchen ab und versuchte es besser zu machen.

Doch die Hölzchen wollten einfach nicht mitspielen. „Hundsverreck!", stieß nun einer den ersten Fluch des neuen Jahres aus. „Das geht ja gut los, wenn wir nicht einmal ein windiges Streichhölzchen zum Brennen bekommen. So ein Mist!"
Das Streichholzbriefchen wanderte von einem Händepaar in das nächste bis schlussendlich nur noch zwei Hölzchen übrig geblieben waren. Mittlerweile hatte das Feuerwerk über der Stadt schon erheblich nachgelassen und die Hoffnung, doch noch ein Spektakel in der *Nachspielzeit* abfeuern zu können, schwand endgültig dahin. Selbst wenn es ihnen gelänge, die letzten zwei Hölzchen zum Brennen zu bringen, sie würden nicht ausreichen die aufgestellte Raketen-Batterie abfeuern zu können.

Die angetraute Weiblichkeit fiel von einer Emotion in die nächste: Erst Freude, dann Interesse, dann Spannung, dann Enttäuschung, nachfolgend Häme und Ironie und schließlich Mitleid mit ihren Gatten, die sich doch solche Mühe gegeben hatten.
Alle Anwesenden guckten nun enttäuscht und bedröppelt auf den Boden und erstarrten in stummer Haltung.

Bis plötzlich lautes Gelächter die restlichen Silvesterknaller der Umgebung herzhaft übertönte.
Es war Martha, die beinahe den Eindruck erweckte, als sei sie einem Nervenzusammenbruch nahe. Sie krümmte und verbog sich regelrecht vor Lachen und die Tränen liefen ihr über die Wangen.

Sie hatte das Streichholzbriefchen in der Hand und fuchtelte damit aufgeregt in der Gegend herum. Leider war es ihr nicht möglich den anderen mitzuteilen, was sie so dermaßen außer Fassung brachte. Sorgenvoll nahm Ihr eine Freundin das Briefchen ab und betrachtete es kurz im fahlen Mondlicht, woraufhin auch sie losprustete und in schallendes Gelächter verfiel. Sie gab das Briefchen weiter und reihum kam es zu Lachanfällen.

Wie sich herausstellte, handelte es sich hierbei um ein Mitbringsel von Marthas Schwager, der häufig per Fernflug unterwegs war und von daher die kostenlosen Service des Flugdienstes in Gebrauch nehmen durfte. Dazu gehörten beispielsweise die portionsgerecht abgepackten Seifen, Duschgels und Shampoos und eben auch, für den Fall, dass man(n) sich bei der Rasur schneiden sollte, kleine Briefchen mit blutstillenden Alaunstäbchen, die denen mit Streichhölzern zum Verwechseln ähnlich sehen.

Die Geschichte von der gelben Rübe
(Februar 1997)

Es war in den Faschingsferien, damals im Februar.
Die Omi kam aus dem Unterfränkischen angereist und
brachte ihre Enkelin mit. Eine 6-jährige, die sich mächtig
darauf freute ihre Patentante im Alpenland besuchen zu
dürfen. Die Kleine hatte auch einen Riesenspaß mit dem
vielen Schnee, den es hier noch zu Hauf gab. Selbst
wenn sie den Schnee der vergangen 6 Jahre, den sie
selbst gesehen hatte und jenen, den sie vom
Hörensagen kannte, zusammenzählen würde, käme sie
nicht auf diese Menge.
Sie tollte in dem großen Garten herum, wo sie beinahe
in der weißen Pracht zu versinken drohte und ließ sich
auf einem Schlitten gemütlich durch die Gegend ziehen.
Später veranstalteten sie noch eine Schneeballschlacht
und als sich hierbei eines der Wurfgeschosse auf dem
abschüssigen Hang selbstständig machte und beim
Herunterkullern immer größer wurde, kamen sie und
ihre Oma auf die Idee, einen Schneemann zu bauen.

Voller Elan machten sie sich an ihr Werk und gemeinsam
rollten sie einen ziemlich dicken Schneemannsbauch
heran. Genau an der Stelle, von der er nicht mehr zu
bewegen war, ließen sie ihn dann auch stehen und nur
kurze Zeit später saß bereits das Bruststück darauf.
Um dieses dorthin zu platzieren wo es hingehörte,
musste die Patentante schon ein wenig mithelfen, denn
so ein großer Schneeball hat ja bekanntlich ein ganz
schönes Gewicht.

Der Kopf war damit verglichen nur noch ein Klacks und mit vereinten Kräften gelang es, die Figur des Schneemanns fertigzustellen.

Nun mussten sie sich auf die Suche nach Utensilien wie Knöpfe, Augen, Nase und andere Dinge machen, die einem Schneemann ein Gesicht, eine Identität geben würden. Das gestaltete sich jedoch als gar nicht so leicht, denn auf den ersten Blick waren keine zu finden. Und auf Anfrage der Kleinen, musste erklärt werden, dass die Fachgeschäfte für Schneemannausstattungen bereits geschlossen waren.
Also beschloss man zu improvisieren.
Zunächst fand sich im Geräteschuppen ein Blumentopf, der als Zylinder in die Pflicht genommen wurde. Im Keller stand noch ein Sack mit Holzkohlen, die von der sommerlichen Grillsaison übriggeblieben waren. Diese hatten die Ehre als Augen für sein Gesicht und als Knöpfe für den Mantel des kühlen, weißen Mannes fungieren zu dürfen.
Unter einer Tanne, deren dichte Wedel den Boden vor den Schneemassen schützten, lag ein Aststickelchen, doch für die Nase war es viel zu dünn und zu krumm.
Dafür knickte es die Omi in der Hälfte ab und bastelte daraus einen hübsch geschwungenen Mund.
Wenngleich er auch nicht rot war, so konnte der Schneemann zumindest schon lächeln. Doch stand jetzt immer noch die Suche nach einer Nase im Raum.
Plötzlich fiel der Tante ein, dass sie im Gemüsefach des Kühlschranks noch eine einzelne Karotte haben müsste.

Schnell kramte sie diese heraus und steckte sie dem
Schneemann mitten ins Gesicht. Jetzt war er fertig!

Die drei lachten und tanzten um ihren neuen aber
vergänglichen Freund, und präsentierten ihn ganz stolz
dem Hausherrn, der gerade nach Hause kam.

Dieser hatte jedoch etwas mitgebracht, um das es sich
sofort zu kümmern galt.
Seinen Hunger.

Er wünschte sich ein Wiener Schnitzel mit Kartoffeln und ein wenig Salat. Ein paar wenige Gabeln Salat, ganz gleich welcher Art, würden ihm durchaus genügen. Nun war aber leider überhaupt kein Salat im Haus vorhanden. Nicht einmal eine einzige, kleine Gabel voll. Und die Geschäfte, die Salat und dergleichen im Sortiment zu haben pflegen, hatten nun ebenfalls geschlossen.

Nach einer ganz kurzen Bedenkzeit, es dürfte sich um ein paar Sekunden gehandelt haben, fiel der Patentante ein, aus was sie jenen klitzekleinen Salat zubereiten könnte.

Es war ja bereits dunkel und beschweren konnte er sich auch nicht darüber, dass man ihm wieder etwas wegnahm.

Dem Schneemann. Der trotzdem noch lächeln konnte …

Faschingsdienstagsspaziergang (Feb. 2013)

Da saßen heut´ zwei Raucher in der Bordsteinrinne
Mit einer französischen Dogge
Ich hätt´ an ihrer Stelle and´res im Sinne
Als in dieser Kält´ ´rumzuhocke´.

Dann schau ich mir den Hund genauer an
Und kann mich fast nicht mehr halten
Es fand sich auf dessen Haupte die Asche
Und auch in sämtlichen Falten.

So macht man sich an einem Tag wie heute
Um die Jugend so große Sorgen
Was soll nur mal werden aus ihnen für Leute
Der Aschermittwoch ist doch erst morgen.

Weiberfasching (Achtziger Jahre)

Folgende Geschichte ist schon eine ganze Weile her und der Hauptdarsteller - wir nennen ihn hier einfach mal "Nick" - nutzte die närrische Zeit, um auf "Brautschau" zu gehen. Wie es damals nun mal üblich war, zog man(n) und in diesem Fall auch „Frau" los, und machte die damals populärsten Kneipen und Diskotheken unsicher.

Praktischerweise war es gerade der "Unsinnige Donnerstag" oder auch "Weiberfasnacht" genannt, bei dem besonders viele "Willige" (wie Nick sie nannte) unterwegs waren.
Der Abend verlief zunächst jedoch nicht ganz so aufregend, wie er es sich ausgemalt hatte und mit jeder fortgeschrittenen Stunde stieg nicht nur der Frust in ihm hoch, sondern auch sein Alkoholpegel. Schließlich landete er zu später Stunde in der Stadtkneipe, welche liebevoll auch "Endlager" genannt wurde, da sich hier traditionell bedingt, alle "Gestrandeten" versammelten, die einfach nicht nach Hause gehen wollten.

Der Kopf *be*nebelt vom Verzehr vieler Biere und einiger Cola mit Schuss, und der Blick *ver*nebelt vom blauen Dunst, der damals noch geduldet wurde, sah er SIE auf einem Barhocker an der Theke sitzen.
Seine Traumfrau. Engelsgleich. Die Haare lang und sonnenblond; die Lippen voll und rot, zum Küssen schön; die Figur, zum Zungenschnalzen. Und auch ihre Anzugsordnung war ganz nach seinem Geschmack: Schwarze Netzstrümpfe mit Halteriemen (!), Hotpants,

so knapp, dass sie mehr betonten als verdeckten; oben herum ein süßes Nichts von knallrotem Bustier, das mehr hervorhob, als vorhanden war. Und schließlich High Heels - ach du liebe Güte! Kann man damit wirklich gehen? Oder sind die nur zum Liegen und Sitzen geeignet?

Anders ausgedrückt: Auch SIE ging „nicht zur Gaudi" aus und von daher war sie genau die Frau, die ER schon die ganze Nacht gesucht hatte.

Ihre Blicke trafen sich ganz unvermittelt und sie machten sich schnell bekannt.

Es floss noch mehr Alkohol und gerade als sie sich näher kommen wollten, ließ der Wirt verkünden, dass er jetzt seinen Laden zusperren müsste.

Was jetzt tun? Zu ihm oder zu ihr? Sie beschlossen sich ein Taxi zu nehmen und gingen nach draußen, um darauf zu warten. Doch just in dem Moment, als unser guter Nick die frische Luft inhalierte, machte sich der (zu) viele Alkohol bemerkbar.

Ihm wurde schwindelig und er schwankte bereits bedrohlich. Sein Magen rebellierte und seine Gesichtsfarbe wechselte urplötzlich von "freudig erregtes Rot" auf "aschfahlbleiches Grau".

Mit dieser erheblichen Befindlichkeitsstörung kippte nun auch seine Stimmung und alles, was er nun wollte, war, heil und ohne peinliche Zwischenfälle nach Hause zu kommen. Alleine!!!

Zumindest der blonde Engel an seiner Seite war geistig noch in der Lage dieses Häufchen Elend in das Taxi zu schubsen und dem Fahrer die mühselig entlockte Adresse mitzuteilen. Sie setzte sich daneben und sorgte auch dafür, dass er sich doch zumindest anschnallte, wenngleich er sich bereits krümmte und leise vor sich hin wimmerte. Alles wäre halb so wild gewesen, wenn sich dieses Taxi nicht blöderweise als nagelneues Prachtstück vom Fließband herausgestellt hätte, das intensiv und aufdringlich seinen Neugeruch von Kunststoffüberzügen und Plastikarmaturen von sich gegeben hätte. Und diesen Gestank vertrug der Nick in seinem Zustand nun gar nicht.

Er wand und bog sich und ächzte und in seinen Augenwinkeln funkelten Tränen. Oder waren es ein paar Schweißperlen, die von seiner Stirn herunter liefen? Mit jedem Atemzug wurde es schlimmer und insgeheim suchte er schon nach einem Winkel, falls er dann doch … Nein, soweit wollte er es nicht kommen lassen. Er war ja schließlich ein Gentleman und neben ihm saß seine "Prinzessin". So wunderhübsch und zart …
Er musste sich beherrschen, und als er spürte, dass es nicht mehr lange gut gehen würde, nahm er sich noch einmal zusammen und ließ vermelden, dass er jetzt gerne aussteigen würde, da ihm die paar Meter Fußmarsch sicherlich nicht schaden könnten.

Der Taxifahrer konterte zunächst, dass sie nur noch zwei Straßen zu bewältigen hätten, doch als er im Rückspiegel das bleiche Gesicht Nicks sah, dachte er wohl doch an sein neues Auto und setzte den Blinker. Nick hatte seinen Sicherheitsgurt schon längst gelöst und stieg aus,

noch bevor das Auto richtig stand. Mindestens fünf Mal musste er die Fragen nach seinem Befinden beantworten;
Ob es denn auch gehe? Ob er sich sicher sei? Ob er es denn auch alleine schaffe?

Seinem äußerlichen Anschein nach, bejahte er diese mit ungeheurer Lässigkeit und Coolness, doch innerlich schrie er: *"Mir ist totschlecht! Ich will mich nur noch meiner Übelkeit hingeben. Haut endlich ab!!!"*

Und endlich schlugen die Türen zu und das Taxi fuhr langsam davon. Da stützte er sich auch schon mit beiden Händen am nächsten Baum ab und „erzählte" diesem seinen ganzen Tagesablauf.

Derweil hatte das Taxi gewendet und fuhr auf dem Rückweg an ihm vorbei. Die *Prinzessin* winkte ihm aus dem Fond zu und er winkte noch während seines „Vortrages" höflich mit der Rückhand zurück.

Seine Prinzessin sah er nie wieder.

Doch eines schönen Tages - Nick war wieder einmal unterwegs - rief ihn eine nicht sonderlich attraktive und eher unscheinbare Frau an ihren Tisch in einem Straßencafé. Sie erkundigte sich nach seinem Befinden, doch er erkannte sie nicht und wusste nicht, was sie meinte. Sie erzählte ihm von ihrer Bekanntschaft; damals im Fasching; dir war nicht gut; das Taxi; ob es ihm nun dämmern würde?

Langsam, ganz langsam kam ihm ein Verdacht. Konnte diese kleine, farblose Gestalt mit struppigem Haar, Birkenstocklatschen und einem Hintern wie ein Brauereigaul, SEINE Prinzessin sein?
Er schloss die Augen zu einem schmalen Spalt, sodass sein Blick etwas verschwamm und tatsächlich, wenn er sich sein Gegenüber mit blonder Perücke, und ganz viel Farbe im Gesicht vorstellen würde, dafür ganz viel Kleidung und einige Schwachstellen wegdachte - ja, es wäre möglich.
Im nächsten Moment wurde ihm bewusst, wie viel Glück er doch hatte!

Und die Moral von dieser Gschicht ?

Ja, Alkohol KANN schaden ... muss aber nicht!

Handyärger

Endlich! Endlich war es soweit. Man hatte sie dazu gezwungen ihren Telefon- und Internetanbieter zu wechseln! Auch wenn es sich zunächst negativ anhört, ist es keineswegs so zu verstehen, denn sie hatten über viele Jahre hinweg eindeutig zu viel bezahlt. Wie sich herausstellen sollte, war es sogar so viel, dass die Differenz, grob überschlagen, durchaus für eine schöne Urlaubsreise für zwei Personen gereicht hätte.

Dabei fing eigentlich alles genau damit an, nämlich sparen zu wollen. Das Telefonieren musste günstiger werden, die Verbindung zum Internet sollte schneller gehen und man wollte nicht mehr auf die Uhr sehen müssen, um zu erfahren, wie lange man bereits „drin" war und welche Kosten auf einen zukommen würden. Leider setzte die damals günstigste Variante des Flat-Anbieters (dessen Namen man an der ach so schwierigen Rechenaufgabe erkennt) einen Festnetzanschluss von AbCD (Allgemein bekannte Community Deutschland) voraus, sodass sie eben gleich von zwei Institutionen jahrelang abkassiert wurden. Die Anbieter hatten so auch noch den Vorteil sich die Schuldzuweisungen gegenseitig zuschanzen zu können, wenn es Probleme bei den Verbindungen oder sonstige Differenzen gab, die selbstverständlich nicht ausblieben, nur weil vermeintlich Erspartes an diese beiden wieder abgedrückt wurde.
Doch weder der einen noch der anderen Firma genügte es, einfach nur die Summen abzubuchen, für die sie eine

Berechtigung gehabt hätten, wenn denn auch alles so funktioniert hätte, wie es sollte. Dem war aber nicht so. Die aus geschäftstechnischen Gründen, erforderliche WLAN-Verbindung zum Beispiel, funktionierte erst pünktlich NACH Ablauf der zweijährigen Mindestvertragslaufzeit. Dafür dann aber auffallend einwandfrei. Bei den Weiterschaltungen aufs Handy konnte man direkt spüren, wie beide darum kämpften, ihnen die Rechnungen schicken zu dürfen.

Im Zweifelsfall einigten sie sich wohl darauf, dass beide mit irgendeinem erfundenen aber plausibel klingenden Grund abkassierten.

Und nicht nur das. Plötzlich gab es noch weitere Institutionen, die nur ihr „Bestes" wollten; durch die Nähe zum Nachbarland, dessen Mobilfunk-Betreiber ganz offensichtlich die aggressiveren Funkmasten besaßen, wurde die Telefonkarte zusehends leergesaugt. Einmal ganz davon abgesehen, dass sich auch das gerade erst gekaufte Handy, urplötzlich selbstständig machte und in Eigenregie so lange inhaltslose (!) SMS an die Schwägerin sendete, bis die Karte endlich ebenfalls inhaltslos, sprich, wertlos war. Selbstverständlich wurden auch sie zwischenzeitlich von immer neuen, noch besseren, noch schnelleren und noch tolleren Angeboten regelrecht überflutet und sie zermarterten sich das Hirn, welche Lösung wohl die beste sein würde, wenn es ihnen gelänge, bei einem Wechsel ihre vierstellige Rufnummer mitzunehmen.

Alleine diese Frage schreckte sie lange Zeit davon ab, einfach mal so zwischendurch, den Anbieter zu wechseln, nur um ein paar Euro zu sparen, die einem an anderer Stelle sowieso wieder abgenommen würden. Doch die bereits erwähnte Gier der Nadel-gestreiften Vorstandsvorsitzenden scheint so grenzenlos groß zu sein, dass sie nur mit dem Kopf schütteln konnten.

In die deutschen Haushalte, die stets treu und brav ihre Rechnungsbeträge haben einziehen lassen, flatterten plötzlich unscheinbare Briefchen, die ihnen unverblümt mitteilten, dass ihnen hiermit der bisherige, preislich eh schon vollkommen überzogene ISDN-Anschluss zwar gekündigt würde, sie ersatzweise aber einen noch besseren und damit auch noch teureren Anschluss anböten.

Das war dann doch die Portion Sahne zu viel auf den Hüften. Sie nahmen das Kündigungsschreiben zur Kenntnis, kündigten fristgerecht und beinahe zeitgleich auch dem zweiten „Abnehmer" und gaben einer noch dritten, laut Prospekt aber viel versprechenden Firma die erbetene Lizenz zum Abkassieren. Selbst das Risiko ihre Rufnummer zu verlieren und anderweitige Probleme heraufzubeschwören, gingen sie nun ein.

Wie man ihnen nach eingehender Erkundigung versicherte, sollte das Freischalten überhaupt kein Thema sein. Sie würden ihnen lediglich auf eigene Kosten einen fähigen Mann schicken, der am Hausanschluss etwas einstellen müsste. Auch auf einen Termin zur Freischaltung konnte man sich einigen. Nur ihre „Innere Stimme", die ja nicht von ungefähr mit Erfahrung glänzen darf, bewahrte sie mit ihren

Sticheleien vor allzu großen Erwartungen und somit übelster Enttäuschung.

Unter dem Motto: „No risk, no fun!", beschworen sie die Geister der modernen Telekommunikation herauf.

Und sie kamen – die Geister …

Zunächst in Gestalt zweier (!) Latzhosenträger, weil sich herausstellte, dass es mit einer kleinen Umstellung dann doch nicht getan sei und neben einer Neuverlegung von Kabeln über das ganze Haus, auch noch die Installation einer wahnsinnig wichtigen, neuen Erdung, nicht nur nötig, sondern unabdingbar wäre.
Die „sendefreie" Zeit von 12 Tagen, die ihnen durch diese Verzögerung bevorstehen sollte, nahmen sie zähneknirschend zur Kenntnis. Hierdurch hatten sie jedoch Gelegenheit festzustellen, dass der zum 9. April gekündigte Anschluss ganz prima auch ohne die vermeintlich zwingend erforderliche Unterstützung von „AbCD" funktionierte. Sodass sich zwar einerseits die Funkstille auf drei Tage reduzieren sollte, ihnen aber andererseits schmerzlich bewusst wurde, dass sie sich über schätzungsweise 5 Jahre (!) hinweg das Fell über die Ohren haben ziehen lassen.
Lange Rede kurzer Sinn …

Die Hauptmontagearbeiten (zu denen die Dame des Hauses das zweifelhafte Vergnügen hatte anwesend sein zu dürfen und sie sich in ihrer Verzweiflung sogar Gedanken bezüglich ihrer Anzugsordnung machte.

Beispielsweise fragte sie sich, ob es denn besser sei die enge Lederhose anzulassen, um das Trinkgeld niedrig zu halten, oder ob sie sich „abbrezeln" sollte, damit sie die Monteure nicht von ihrer Arbeit ablenken würde), waren relativ fix erledigt.

Auch die TV-Programme, die sich seit diesem Tag in allen Geräten des Hauses verstellt hatten, waren nach nur haha (!) wenigen Stunden Arbeit wieder an Ort und Stelle zu finden.

Die angeblich überlebensnotwendige Neuverlegung eines stärkeren Erdungskabels schien nun doch nicht mehr so wichtig gewesen zu sein, denn hierüber verlor bis heute kein Mensch mehr auch nur ein einziges Wort.

Um die WLAN-Funktion tatsächlich realisieren zu können, obwohl sie anschlusstechnisch doch schon vorhanden sein sollte, mussten sie zwischenzeitlich einen weiteren „Fachmann" kommen lassen und sich nochmals extra zwei Urlaubstage nehmen. Dafür wurde ihnen aber der erforderliche Kleinkredit für diesen Zweck relativ schnell gewährt.

Die WLAN-Verbindung funktionierte dann zwar immer noch nicht richtig, doch seitdem sie diese wieder deaktivierten, kamen sie immerhin wieder problemlos per LAN-Kabel ins Netz ...

Um sich zu ärgern, fehlte ihnen inzwischen die notwendige Kraft.

Aber wundern – ja wundern dürfen sie sich schon noch und nicht selten wünschen sie sich die Zeit zurück, als die Telefone noch Wählscheiben hatten und in den öffentlichen Telefonzellen ein Schildchen hing, mit der Aufschrift: „Fasse dich kurz!"
Doch wie gesagt: Man hatte sie gezwungen …

Die Maulwurfshaufenwiese

Da ist sie, die Wiese. Den ganzen Winter liegt sie brach
und still unter einer dicken Schneedecke.
Keine Kühe, die auf ihr herumtrampeln und ihre
Hinterlassenschaften in rauen Mengen rücksichtslos auf
ihr abladen würden. Aber auch keine Schmetterlinge
und Bienen, die sich auf ihre Blüten setzen.

Letzteres findet die Wiese schade, denn sie mag alles,
was aus eigener Kraft in der Gegend herumfliegt.
Sie spürt diese leichten Flugobjekte ja kaum, erfreut sich
aber stets an ihrem Anblick und den schnippischen
Flugbewegungen.

Auch unter ihr ist alles still und ruhig. Sie ist ziemlich
unterkühlt und ganz steif gefroren, sodass sie selbst
überhaupt keine Lust hat, sich zu rühren oder
irgendwelche Unternehmungen zu veranstalten.
Sie denkt sich, solange es so kalt ist, brauche sie nicht zu
wachsen, keine Blüten austreiben zu lassen, nicht einmal
einen Grashalm würde sie aus sich herausschicken
wollen. Es hätte ja doch keinen Sinn, weil hernach
wieder alles erfrieren würde.

Nun ist es halt manchmal auch so, dass es dann doch
zwischendurch eine Zeit lang so sonnig und mild ist, dass
aller Schnee dahinschmilzt und die Erde antaut, obwohl
der Winter durchaus wieder zurückkommen kann.
Die Wiese ist diesbezüglich vorsichtig und versucht, sich
so lange wie möglich mit Lebenszeichen zurückzuhalten.

Sie wartet auf ein Zeichen.
Auf ein Zeichen ihres Verbündeten, der sich in dieser
Angelegenheit nur ganz selten irrt.
Dieser Verbündete ist der Herr Maulwurf. Und der Herr
Maulwurf taucht immer dann auf, wenn sich die
Temperaturen längere Zeit im Plusbereich befinden.
Kaum dass ihm in seinem dicken Pelz warm wird, macht
er sich mit seiner ganzen Familie daran, an die
Oberfläche zu kommen.

Getrieben vom Drang an die frische Luft zu kommen und
der Neugierde, die Wärmequelle einmal ausfindig
machen zu können, schaufelt er sich Zentimeter für
Zentimeter den Weg frei und gräbt sich durch die Erde,
bis er endlich aus dem Erdreich spitzt und enttäuscht die
Schaufeln über seinen geschaffenen Erdhaufen legt.

Neugierig blickt er um sich, doch bleibt ihm die Sicht auf
die Wiese, auf die Sonne und die Welt jäh versagt.
Er sieht sie einfach nicht. Denn er ist blind!
Doch das weiß er nicht und so ist und bleibt er stets in
dem Glauben, dass er nur noch nicht den richtigen
Ausgang gefunden hat.

In der Hoffnung, eines Tages den Weg zu finden, der ihn
an den Ort bringt, den er sein ganzes Leben lang sucht,
zieht er sich erneut missmutig zurück.

Kaum taucht er in der kühlen Erde unter, treibt es ihn
wieder voran und er schaufelt und gräbt und guckt und

buddelt und schaufelt und gräbt, so lange seine Kräfte reichen.

Doch ganz gleich, wie sehr er sich auch anstrengen mag, wie lange er noch graben und schaufeln wird, er wird sich seinen Wunsch niemals erfüllen können.

Und so traurig das auch klingen mag und der Herr Maulwurf die Sonne zwar spüren, doch niemals sehen können wird, hat er auch einen Vorteil:

Ihm bleibt der Anblick erspart, den seine Grabungsarbeiten verursacht haben.
Eine Wiese, die über und über mit erdbraunen Anhäufungen überzogen ist.
Er würde sich nur erschrecken.

Die Wiese jedoch, profitiert von seinen Grabungsarbeiten enorm, denn sie weiß, wenn der Maulwurf zu graben anfängt, DANN dauert der Frühling nicht mehr lange.

Der Nachbar - Er war (!) ein wirklich netter Kerl

Unüberhörbar laut mit einem Affenorgan, wie von einem Megafon unterstützt, schallte die wuchtige Männerstimme bis in den 3. Stock hinauf:
„BRASILIEN – 1974"
10 Sekunden später: „MÜHLHAUSEN – 1958."
Wieder 10 Sekunden später: „NIEDERLANDE - 1990."

Beate erwachte aus ihrem Schlaf und sah auf den Wecker. Es war erst 7.30 Uhr und da sie und ihr Mann Johannes Spätschicht hatten, befanden sie sich eigentlich gerade in der REM-Phase.
Hatte sie nur geträumt?
Doch sie hörte es wieder: „MEXIKO – 1968."
Was ist das? Fragte sie sich. Wer in Dreiteufelsnamen schreit denn hier wie irrsinnig umher?
Ist das der Handwerker, der im Hinterhaus eine neue Tür für Nachbarin einbaut? Und wenn ja, wieso schreit der dann so? Ist sein Gehilfe schwerhörig, oder was?
Da wieder, die kräftige Männerstimme schrie aus Leibeskräften: „MÜNCHEN – 1972."
Zehn Sekunden später: „LONDON – 1956."
Sie sah zu ihrem Mann Johannes hinüber, der friedlich schlummerte und leise vor sich hin rüsselte.
Wie konnte es sein, dass ER das nicht hörte? Ja gut, er war noch sehr müde, aber sie ja schließlich auch.

Sie drehte sich um und versuchte weiter zu schlafen.
Aber die fremde, laute Stimme von außen machte ihr einen Strich durch die Rechnung: „BRÜSSEL – 1984."

Beate zog sich die Decke über den Kopf, doch die Stimme drang durch alle Ritzen: „BERLIN – 1936."

Und wieder: „MÜHLHAUSEN – 1958."

Sie schüttelte mit dem Kopf und überlegte, ob sie sich der *Ohropax* bedienen sollte, die griffbereit auf ihrem Nachttischchen lagen. „Ach was …", dachte sie sich, „… bis ich die wieder weich geknetet und passend gemacht habe, derweil bin ich ja noch wacher."

Und so verzichtete sie darauf.

Derweil schallte es erneut nach oben. Diesmal jedoch, so schien es zumindest, aus einer anderen Ecke: „STUTTGART – 1954."

10 Sekunden später: „HAMBURG – 1948."

WAS ZUM GEIER IST DAS???

Endlich schlug sie die Bettdecke zurück und stand auf.

Sie ging zum kleinen Fenster ihrer Mansardenwohnung und schaute hinaus, konnte jedoch nichts erkennen.

Sie müsste es öffnen, um etwas sehen zu können, traute sich das jedoch nicht, damit sie sich diesem Unbekannten nicht verraten würde.

Die Stimme indes klang nun entfernter: „WIEN – 1988."

Und wieder. „MÜHLHAUSEN – 1958."

Sie ging zum großen Fenster und sah nach unten.

Alles war ruhig. Der Hof war leer, das Gartentor hatte ganz korrekt einen Flügel geöffnet. Eine Radfahrerin radelte die Parallelstraße entlang, der Schulhof nebenan lag noch verlassen da. Die ersten Schüler der Grundschule trödelten auf den Eingang zu. Doch keiner schien etwas zu hören. Nur Beate stand da am Fenster

und vernahm wieder, wenn auch etwas gedämpft, diese
fremde Stimme: „HELSINKI – 1928."
Und wieder: „MÜHLHAUSEN – 1958."
Mühlhausen, Mühlhausen was hatte der nur immer mit
seinem Mühlhausen? Und überhaupt, was zählte der da
auf? Waren das die Daten von Olympischen Spielen oder
von einigen Fußball–Weltmeisterschaften?
Und wieso immer wieder Mühlhausen dazwischen?

Die Stimme wurde nicht schwächer aber irgendwie –
leiser … So, als ob sie sich entfernte oder aus einem
Gebäude kam. Beate konnte jetzt nur noch vernehmen,
DASS er etwas sagte, jedoch nicht mehr WAS. Sie
überlegte kurz, ob sie sich nun wieder hinlegen sollte.
Von der Lautstärke her hätte es ja möglich sein müssen
wieder einschlafen zu können, nur war ihr Kreislauf
mittlerweile so in Schwung geraten und der Blutdruck
kratzte vor Anspannung bereits die kritischen Marken,
dass ein Schlafversuch absolut sinnlos gewesen wäre.

Stattdessen traute sie sich nun auf den Balkon und sah
hinunter. Doch das, was sie aus luftiger Höhe erkennen
konnte, ließ ihr eine Gänsehaut über den gesamten
Körper laufen. Unten in ihrem Hof lagen verstreut ein
Strick-Pulli, zwei Meter daneben eine Bluejeans und
noch ein Stück entfernt, ein Paar Socken und ein
Unterhemd. Doppelripp!
Was war hier nur los? Wer oder was ließ hier seine
Klamotten einfach so rumliegen? Und dann in so
eigenartiger Weise. So – so unkonventionell …

Lief da unten ein Nackter umher, der sich die Seele aus dem Leib schreien wollte? Und wieso schien das sonst keiner zu hören?

Sie ging wieder ins Schlafzimmer und sah erneut zum großen Fenster hinaus. Sie hörte die Stimme, die noch immer in abgehakten Versen schrie, jedoch so gedämpft wie zuvor. Nun schlug ihr Mann die Augen auf und sah sie mit fragendem Blick an. Sie erzählte ihm von ihren Beobachtungen und zitierte vor allem die ständigen Wiederholungen.
Johannes fragte: „1958?"
Sie antwortete: „Ja, so habe ich es verstanden."
„Unser Nachbar ist in diesem Jahr geboren."
„Ach!?"
Sie lauschte nochmals nach draußen und vernahm ein weiteres, durch Mauern gedämpftes Geschrei.
„Ja, jetzt wo du es sagst – es könnte aus seiner Wohnung kommen. Da stimmt doch was nicht. Ich rufe die Polizei."
„Nein, du bleibst, wo du bist. Ich gehe hinunter."
So stand er endlich auf und da auch Beate sich keinesfalls etwas entgehen lassen wollte, gingen sie gemeinsam hinunter, um sich weitere Informationen zu holen und telefonieren zu können.

Einen Moment lang dachte sie über diesen, ihren Nachbarn nach. War er nicht eigentlich die Ruhe in Person? Legte er nicht eine unvergleichliche Gelassenheit an den Tag? Stets gut gelaunt, oder zumindest neutral, freundlich, höflich und absolut ruhig.

Ja sicher. Er verbrachte die meiste Zeit bei sich zu Hause, obwohl er doch offensichtlich in einem Alter war, das normalerweise zur Arbeit verpflichtet hätte!?

Jedes Mal, wenn sie im Hof auf dem Boden herumkroch und versuchte Herrin über das Unkraut zu werden, das sich zwischen den kleinen Steinchen bildete, und er vorbei kam, grüßte er sie anständig. Er bemerkte dann stets, dass sie aber wieder sehr fleißig sei und sie antwortete ihm, dass sie das eigentlich ganz gerne tun würde, weil sich diese Art von Arbeit so meditativ auf ihr Gemüt auswirke. Woraufhin er lächelte und ihr einen schönen Tag wünschte.

Und nun schrie dieser Mensch wie von Sinnen, dass sie nicht recht wussten, sollten sie tatsächlich nur die Polizei informieren oder doch lieber gleich einen Exorzisten zurate ziehen?

Johannes hatte die Entscheidung getroffen und wählte die Nummer der örtlichen Polizeidienststelle.

Er erläuterte sein Anliegen und während sie beide auf das Eintreffen des Streifenwagens warteten, erzählte Johannes ganz beiläufig, dass er vor ein paar Tagen einen Wortwechsel mit eben jenem Nachbarn hatte.

Dieser sei von zwei befreundeten Damen zu einer Wanderung abgeholt worden und zu dritt wären sie einen nicht ungefährlichen Weg in einer feuchten Schlucht spazieren gegangen. Leider hätte er nicht das optimale Schuhwerk angehabt, sei tatsächlich auf den klammen, glitschigen Steinen abgerutscht und in die reißenden Fluten des Gebirgsbaches gestürzt.

*Unter Mithilfe der Bergwacht war es gelungen, den
bewusstlosen und verletzten Nachbarn zu bergen.
Er hatte sich eine schwere Gehirnerschütterung und
einen Schlüsselbeinbruch zugezogen und wurde in das
Kreiskrankenhaus eingeliefert.*

Stets lauschend, ob der Nachbar auch noch „mitspielte"
und weiter herumplärrte, damit Beate und Johannes
nicht ihre Glaubwürdigkeit gegenüber der Polizei
verlieren würden, vernahmen sie weiterhin die Laute, zu
denen ein Mensch offenkundig fähig ist, von sich zu
geben. Sie konnten beruhigt sein, denn der Schreihals
gab diesbezüglich weiterhin sein Bestes.
Kurze Zeit später kamen die ersten Einsatzkräfte in Form
zweier Streifenbeamter, die aus ihrem Wagen stiegen
und zur Haustür des Nachbarn gingen. Mit der Hand am
Pistolengurt läuteten sie an der Glocke, woraufhin der
Nachbar ganz kurz verstummte und lediglich fragte:
„Wer ist da?"
Einer der Beamten antwortete: „Der Staat!"
und tatsächlich wurde die Tür geöffnet.
Die Beamten durften eintreten, doch nur einen kurzen
Moment später kam einer der Beamten wieder heraus
und benutzte sein mobiles Telefon. Dann ging er zurück
ins Haus und verschwand hinter der Tür.

*Das Unglück mit dem Sturz in die Schlucht geschah an
einem Donnertag und samstags stand es sogar in der
Zeitung, welche der Nachbar erzürnt, ob der Erwähnung
seines mangelhaften Schuhwerks, Johannes unter die
Nase hielt. Er regte sich richtiggehend darüber auf, dass*

das Tragen von Turnschuhen in Gebirgsschluchten nicht
besonders empfehlenswert wäre. Bei diesem Gespräch
kam auch heraus, dass er sich im Krankenhaus einer
Operation unterziehen musste und deshalb eine
Vollnarkose erhielt. Auch die Blessuren auf dem Rücken
stellte er zur Schau. Das große Pflaster auf dem
Hinterkopf und die Armschlaufe waren sowieso nicht zu
übersehen. Doch noch niemals hatte Johannes ihn so
erzürnt gesehen.

Beate fragte ihren Mann ungläubig, weshalb um alles in
der Welt, man ihn eigentlich so früh wieder entlassen
habe. Nach nur zwei Tagen Aufenthalt und mit solch
schweren Verletzungen?
Ein Schulterzucken musste ihr als Antwort genügen,
denn plötzlich trafen in der schmalen Gasse weitere
Einsatzfahrzeuge ein. Zunächst ein Rettungswagen mit
Blaulicht und gleich dahinter der Notarzt. Nur kurze Zeit
später folgte das Auto der Bekannten, die ihn am
Unglückstag begleitet hatte und noch ein Einsatz-
fahrzeug mit zwei weiteren uniformierten Beamten.
Ein Tohuwabohu, war das auf diesem kleinen Hof – nicht
zu fassen.
Menschen, Leute ein Getümmel. Alle gingen bei dem
Nachbarn ein und aus. Sprachen miteinander,
telefonierten, zuckten mit den Schultern, schüttelten
ihre Köpfe, lachten auch mal zwischendurch, holten aus
dem Rettungswagen diverse Koffer, Geräte und eine
Trage. Eine Trage? So weit fehlte es schon?
Beate und Johannes standen am Fenster und starrten
auf dieses bizarre Bild, das sich ihnen direkt vor ihren

Augen bot. Sie konnten es einfach nicht glauben, was da gerade vor sich ging.

Nach beinahe einer ganzen Stunde bangen Wartens, wurde die Trage hinausgebracht.

Irgendwer lag festgeschnallt darauf, doch wegen des Sicht- oder Genickschutzes konnte man nicht zweifelsfrei erkennen, um wen es sich hierbei handelte. War es wirklich der Nachbar, der nun endlich ruhiggestellt worden war? Oder war es eine ganz andere Person, die er vielleicht sogar verletzt hatte? Hundertprozentig sicher konnten sie sich nicht sein und so erschraken sie heftig, als es plötzlich an ihrer Haustür klingelte. Johannes öffnete und sah sich den Streifenbeamten gegenüber, die zuerst am Einsatzort eingetroffen waren. Sie erklärten lediglich, dass sie den Nachbarn mitgenommen hätten und er in eine Klinik eingeliefert würde. Man könne noch nicht sagen, ob und wann er wieder zurückkäme.

Wie sich in den nächsten Monaten, durch Hinterfragen der Menschen, die in der Wohnung des Nachbarn ein- und ausgingen, herausstellte, war dem Nachbarn offensichtlich nicht nur der Sturz schlecht bekommen. Vielmehr hatte die Zusammenwirkung von Narkose und die Einnahme der Medikamente, welche er schon vor diesem Unfall tagtäglich zu sich nehmen musste, diese menschliche Tragödie heraufbeschworen.
Er konnte bis heute nicht wieder gänzlich hergestellt werden.

Als sich jener Nachbar eines Tages zusammen mit einer seiner Betreuerinnen bei den beiden persönlich meldete, um sich zu verabschieden, vor allem aber um sich zu entschuldigen, verriet er wohl aus Versehen und wie beiläufig, noch ein weiteres, jedoch sehr beängstigendes Detail:
Er hatte sich damals nicht nur komplett seiner Bekleidung entledigt, sondern trug auch ein großes Messer bei sich ...

Ein Sprachfehler? (2010)

Neulich, während des Heimaturlaubes im Unterfränkischen Marktheidenfeld.
Ich hatte die Ehre meine kleine Nichte vom Kindergarten abholen zu dürfen, zu sollen oder zu müssen.
Je nachdem, wie man es sehen mag. Und meine Schwester bat mich darum, die Kleine an ihren Roller zu erinnern, den sie sicherlich vor lauter Freude über das Wiedersehen, sonst vergessen würde.
Ihr selbst war es vonseiten der eigenen Tochter nicht gestattet mitzukommen.

Sie äffte ihr Äffchen mit folgendem Wortlaut nach:
„Ich hab doch g'sacht, die Anna soll mich ALLEINE abholen. Jetzt bist DU auch dabei. Ich will aber, dass die Anna und ich ALLEINE sind!"
Also zog ich ohne die dazu gehörige Mutter los und holte meine kleine Nichte mitsamt ihrem Roller vom Kindergarten ab, damit wir rechtzeitig zum Mittagessen nach Hause kommen würden.
Auf halbem Weg meinte das kleine *Plaudergöschle*:
„Und wenn wir da vorne an der Kirsche vorbei sind, dann haben wir es beinahe geschafft."
Ich fragte: „An der Kirsche? An welcher Kirsche?"
„Ach", antwortete sie: „...ich kann des net so richtich sagen. Des is so ein großes Haus mit ´ner Glocke dran."
„Du meinst wohl die Kiche!", versuchte ich zu verbessern, brachte jedoch das Wort *Kirche* ebenfalls nicht korrekt hervor. Ich machte weitere Versuche: „Kiarche,...Kierrrczhe,... Kiache,... Kiaeche,...Kiarzche" und landete schlussendlich ebenfalls bei: „Kirsche".

Ist es uns Franken, insbesondere uns Unterfranken, die heimatstadtlich auch noch lorbsen, also das „r" entweder verschlucken oder übertrieben rollen, einfach nicht gegeben, das Wort Kirche richtig auszusprechen? Und wieso fällt mir das erst jetzt auf?
Haben wir nicht oft genug gesagt, dass wir in die Kiache gehen würden?

Gedächtnistraining - wäre keine schlechte Übung

Es ist schlechtes Wetter und so beschließt man, anstatt an die frische Luft zu gehen, in einen Baumarkt zum Einkaufen zu fahren, um dort einen Torx-Winkelsteckschlüssel-Satz zu erwerben, den sie für die eigenhändige Reparatur einer Waschmaschine benötigen.

Die grauen Wolken verdunkeln die Gegend und die Scheibenwischer des erst kürzlich erworbenen Gebrauchtwagens, rubbeln laut und störend über die Windschutzscheibe.

Er: „Der Gummi wird verhärtet sein. In der *Metro* gibt es ab morgen Scheibenwischer im Angebot."

Sie: „Mh! Morgen erst ..."

Er: „Ja und eine Waschmaschine mit Triple-A gibt es ebenfalls ab morgen."

Sie: „Ah gut. Die holen wir dann auch, damit wir eine haben, wenn das mit der Reparatur von der alten nicht klappen sollte. Lange wird sie es sowieso nicht mehr machen. Die Garantie ist ja schließlich abgelaufen."

Er: „Ja, aber erst ab morgen. Steht im Prospekt. Doch JETZT brauche ich die Torx."

Es ist Stau und das Autoradio verrät die Ursache – ein Unfall auf der Autobahn lässt die Land- und Zufahrtstraßen so verstopfen. Wegen akuten Zeitmangels - es ist nur noch eine gute halbe Stunde bis zum Ladenschluss des Baumarkts hin - wird aus dem Stau herausgefahren und auf das naheliegende Gelände des Vielstoffladens *Metro* zugesteuert.

ER: „Macht ja keinen Sinn weiterzufahren. Bis wir zum Baumarkt hinkommen, macht der dicht. Wir gehen jetzt in der *Metro* spazieren und schauen, ob die auch Torx-Zeugs haben."

Sie: „Okay."

In der Werkzeugabteilung rätselt er: „Nehmen wir jetzt die Einrichtungsknarre mit separaten Torx-Einsätzen oder doch nur einen Winkelsteckschlüssel-Satz?"

Sie: „Die Kaffeemaschine nach der wir suchten, haben sie noch. Kostet jetzt aber 8,50 Euro mehr."

Er: „Vielleicht sollte ich doch lieber den großen Torx-Einzelkomponenten-Satz nebst Ratschenringschlüssel mit Umschaltknarre nehmen?"

Sie: „Ich schau mal bei den Staubsaugern, ob da auch was im Angebot ist."

Er: „Wenn ich jetzt den Gesamt-Ratschen-Torx- und Bits-Satz mit Einrichtungsknarre nehme, dann habe ich die Bits nochmal, die wir eh schon hundertfach zuhause haben …"

Später – ER steht noch immer bei den Torx und Bits

Sie: „Du-u … ich glaube die Waschmaschine aus dem Angebot für morgen, ist jetzt schon da."

Er: „Also ich glaube der Torx-Winkelsteckschlüssel-Satz reicht erst mal."

Sie: „Ja klar. Den nimmste jetzt. - Guck mal! Da vorne ist die Wasch-ma-schi-ne!"

Er: „Heute schon im Angebot? Komisch! Naja, das kennen wir ja schon. Da steht das Zeug schon einen Tag vorher rum und dann geht man an die Kasse und die wissen von nix. Wir kommen lieber nochmal her, die ist

ja vier Wochen im Angebot. Aber was war da noch? Was stand noch im Prospekt, was wir unbedingt brauchen?"
Sie: „Äh – weiß nicht. Im non-food-Bereich?"
Er: „Ja! Auf jeden Fall im non-food!"
Sie blinzelt und fragt: „Schuhe?"
Er grinst sie schief an.
Sie: „Mh! Weiß nicht mehr. Überleg du doch mal. Erforsche Deinen Geist."
Er „Ach, wir gehen jetzt einfach durch die Regale, dann wird es uns schon wieder einfallen."

Vorbei an Radios, TV-Geräten, Kühlschränken, Staubsaugern, Toastern, Glühbirnen, Bikinis und Unterhosen, Sporthanteln und batteriebetriebenen Fahrradbeleuchtungen, Koffer, Trolleys, Sehhilfen, Kopierpapier, Büchern, Fugenstiften und Fliesenschneidehilfen nebst dazugehörigen Video-Vorführgeräten, Bürosesseln und Socken für die ganze Familie, landet man dann doch ergebnislos vor den Kassen.
Die vermeintlich schnellste Warteschlange entpuppt sich, wie fast immer, als die langsamste, da der Vordermann seine vier Artikel, die er auf dem Arm hält, mit zwei verschiedenen Kundenkarten bezahlen möchte und ein entsprechend langer Zeitaufwand abzuwarten ist.
Als i-Tüpfelchen ruft die Kassiererin auch noch den Hintermann auf, der schon die ganze Zeit via Headset mit seiner Familie kommuniziert, die sich vermutlich in Pakistan oder Indien befindet.

Dann endlich kann man seinen Torx-Winkelsteckschlüssel-Satz bezahlen und darf das Geschäft verlassen.

Er: „Wenn ich bloß wüsste, was ich aus dem Prospekt NOCH anschauen wollte ...
Daheim schau ich gleich nach."

So setzte man sich wieder ins Auto um nach Hause zu fahren und hörte den geräuschvollen Scheibenwischern zu, die bei dem ständig niederfallenden Regen laut und störend die Windschutzscheibe entlang schupperten ...

Tannenspitzenglitzern

Eine winterliche Sommergeschichte - oder: Was ist es wirklich, das die Tannenspitzen glitzern lässt?

Es begab sich an einem wunderschönen, sonnigen Tag im Mai, just zu der Zeit am Nachmittag, wo man Kaffee zu trinken gedenkt. Der vertraute Kreis dreier Schwestern mit ihren kleinen oder auch schon größeren Kindern, bildeten ihr kleines, aber friedliches, imaginäres Kaffeekränzchen am eckigen Gartentisch und sie ließen sich den hausgemachten Kuchen schmecken. Auch ein Fläschchen Sekt wurde lautstark entkorkt. Doch gab es bezüglich des Verzehrs von gering alkoholischen Getränken am helllichten Nachmittag keinerlei Gewissensbisse, denn die drei sahen sich nur sehr selten und holten an Tagen wie diesen einige Feierlichkeiten nach, die sie übers Jahr nicht gemeinsam verbringen konnten.

Umso schöner waren diese seltenen Zusammentreffen und sie freuten sich, dass auch die Sonne so freudig mit ihnen strahlte.

Als sich ihre Augen endlich wieder an die Gesichter, die man so vermisste, gewöhnt hatten, schweiften die Blicke zur Abwechslung auch mal in den hinteren Garten, wo ein kleines Holzhäuschen stand, oder nach vorne, um die Rückseite des Hauses betrachten zu können.

Oder aber, und das war nicht sehr abwegig, da sie viel miteinander lachen konnten und hierbei die Köpfe nach hinten warfen, auch in den strahlend blauen Himmel. Und irgendwann fragte die eine Schwester, ihren Blick nach oben in die Richtung des Nachbargrundstücks gewandt, in die Runde: „Sagt mal, seht ihr das auch?"

„Was denn? Was meinst du?"

„Na da drüben, oben in der großen Tanne, die drittletzte Zweigreihe von oben. Da glitzert doch etwas."

Die anderen blickten ebenfalls in die Richtung und kniffen die Augen zusammen. Ein zunächst zögerliches „Jaaaa … ich glaube, ich sehe es auch. Der Ast, da oben, ganz vorne, da blinkt etwas."

Kam es von einer der Schwestern und

„Tatsächlich …", meinte nun auch die Dritte im Bunde.

„… das ist, das könnte, na, was soll das nur sein? Es glänzt und glitzert wie ein Diamant."

„Oder wenigstens wie Edelmetall, oder ein Stückchen Blech."

„Wie soll das denn da hoch kommen?" meinte wieder eine.

„Was zum Geier …?"

„Geier? Geier ist gut!", lachte eine andere. „Vielleicht eine Elster? Die klauen doch immer alles, was glitzert und blitzt und nicht niet- und nagelfest ist."

„Ja genau. Ein Kettchen könnte es auch sein. Es glitzert jetzt an mehreren Punkten."

„Uiihhh" kam es wie im Chor aus der ganzen Gruppe.

„Ach Kind, sei doch so gut und hol mal das Fernglas aus der Küche.", orderte nun die Frau des Hauses.

„Ich versuch´s mal mit dem Zoom von der Handykamera", sagte die Schwester, die ein solches Teil immer mit sich trug, wenn sie auf Besuch war.

„Nein. Keine Chance. Das ist zu hoch. Ich kann nichts erkennen.", resignierte sie schon kurz darauf.
„Aber was ist das? Jetzt hat es eben auch auf dem Zweig daneben geblitzt."
„Wo?" horchten die anderen auf.
„Na da, links von dem einen Ast." – „Und der zweitlinke Ast jetzt auch – und ... das gibt es doch nicht. Seht ihr das auch?"
„Ja. Es scheint, als würden an allen Astenden solarverstärkte Glühwürmchen sitzen."
„Na, der Nachbar wird doch nicht diese Riesentanne mit Lichterketten versehen haben?", fragte sich die Hausbesitzerin ungläubig.
Und die Dritte rezitierte aus dem Gedicht von Knecht Ruprecht:

„Allüberall auf den Tannenspitzen, sah ich goldene Lichtlein blitzen." Dabei stützte sie den Kopf in beide Hände mit den Ellbogen auf dem Tisch und schaute ganz verklärt in die Höhe.

„Hier Mama", waren die kurzen Worte der braven Tochter, die das Fernglas brachte.
„Ah, gut gemacht mein Kind. Danke schön."
Nun kam das Fernglas zum Einsatz, doch irgendwie funktionierte es nicht so richtig. Der Blick hindurch gab nur völlig verschwommene Bilder frei und ein *Durchblick* wie man ihn eigentlich erwartete, war selbst mit dem Verstellen der Drehknöpfe und Scheiben nicht zu erreichen.

Auch nicht nachdem es von einer zur anderen aller drei Schwestern UND deren Kinder, die bereits über einige technische Fertigkeiten verfügten, gewandert war.

„Kaputt!" So wurde das Teil letzten Endes als unfähig abgestempelt und beiseitegelegt.

Doch sie gaben nicht auf. Es war einfach zu interessant, wie es sein konnte, dass an dieser Tanne alle Spitzen Lichtpunkte von sich gaben.

Diese wurden immer mehr und der große, mächtige Baum erschien ihnen einmal mehr wie ein Christbaum, der mit Tausenden von Lichtern bestückt war.

„Wisst Ihr was?", schrie nun die Erleuchtete: „Ich hab's. Das ist kein Schmuck. Das ist das Harz, das jetzt aus den frischen Trieben tropft."

„Du hast Recht! Und weil die Sonne wandert, äh, die Erde sich dreht, scheint die Sonne die ganze Seite direkt an."

„Ja! Genau DAS ist es."

„Faszinierend!!!"

Und alle warteten gebannt, ob dieses schönen Anblicks, bis sich die Erde weiterdrehte und das Blitzen und Glitzern nachließ.

Nun war es schon fast Zeit für das Abendessen ...

Pfeffererdbeeren ... (ca. 1981)

Während es allgemein in der Gastronomie üblich war
oder ist, eine Eis- oder Dessertkarte in die Hände
gedrückt zu bekommen, wenn man Interesse an einer
Nachspeise bekundet(e), kamen in diesem Lehrbetrieb
damals, die leckersten Süßigkeiten direkt an den Tisch
des Gastes angefahren. Der Gast konnte sich, nach
Inaugenscheinnahme der diversen Angebote, sein ganz
individuelles Dessert zusammenstellen lassen.

Dominierend im Erscheinungsbild war zunächst einmal
der wuchtige Dessertwagen selbst. Aus dunkelbrauner,
massiver Eiche gefertigt, mit zwei offenen Etagen, auf
denen die Schüsseln und Platten standen, wurde dieser
mit einer Art Steg überbrückt, auf dem die sechs
Eisbehälter und das dazugehörige Arbeitsbesteck Platz
fanden. Über und über bestückt mit Behältnissen und
mindestens zwei Tortenplatten, die erhöht auf ihrem
Standbein thronten und so für ein wenig Platzersparnis
sorgten. An jedem Tisch hielten wir auf Verlangen eine
Präsentationsrede darüber, welche süßen Köstlichkeiten
sich auf dem Wagen befanden und welche Leckereien
am besten miteinander harmonieren würden.

Unvermeidbar und als die Nachspeise der 80er Jahre
schlechthin, entpuppte sich die Mousse au Chocolate.
Diese gab es hier gleich in drei Ausführungen. Zum einen
die klassische, mittelbraune aus Zartbitterschokolade,
die etwas hellere Variante aus Milchschokolade und die
weiße, jedoch sehr süße, aus weißer Schokolade.

Schaumig, locker und wahnsinnig duftig, mit einem Hauch von Mokka und Cognac. Ja. Das war sie. Und wenn jemand meint, er müsse eine Mousse mit einem Pudding vergleichen, dann ist er selber schuld und soll doch weiterhin seinen Pudding essen!

Natürlich gab es auch hier etwas beinahe Vergleichbares zum Pudding, nur hieß dieses gestürzte Etwas dann zum Beispiel Orangenlikör-Charlotte, oder Irish-Whiskey-Creme-Charlotte. Und wie die Namen schon verraten, bestanden auch diese wieder mitunter aus Alkoholika. Sie zeigten sich sehr ansprechend verziert, auf den beiden erhöhten Tortenplatten und sahen eigentlich auch ein bisschen aus, wie Torte. Besonders die „Charlotte Russe", die ummantelt von kleinen, mit Himbeermarmelade gefüllten Scheiben einer Biskuitrolle, sehr aufwändig in der Herstellung gewesen ist.

Völlig frei von Alkohol aber kein bisschen weniger Kalorien, hatte mein ganz persönlicher Favorit. Die Creme Caramel.
Etwas so köstliches, leckeres, süßes, mhmhmheliges ...
Es gehörte schon sehr viel dazu, sich NICHT von ihr verführen zu lassen.
Auf einer großen Platte mit Rand (der nötig war, damit die Caramelsoße nicht davon laufen konnte), wie kleine Puddings gestürzt, setzten diese einen Farbpunkt, der zu den vielen exotischen Düften die in der Luft lagen, auch noch ein sehr mediterranes Flair vermittelte. Mitunter nicht ganz unschuldig an dieser Sinnesverführung, waren

auch die Früchte, die sich in mundgerechte Stückchen und in Läuterzucker eingelegt, in ovalen Kristallschüsselchen zur Schau stellen durften. Saftige, grasgrüne Kiwischeiben, frische, gelbe Ananasstückchen, Papayawürfel, Mangostreifen, halbierte Erdbeeren, aber auch Walderdbeeren, die – oh Wunder - trotz des hohen Einkaufspreises, in ganzen Teilen verabreicht werden durften.

Feigenspalten und kernlose Trauben, Johannisbeeren in rot und weiß, Himbeeren und eine damals neuartige Sorte Blaubeeren, von denen die Gäste keine schwarzen Zähne bekamen, und filetierte sprich: Hautlose Orangenfilets.

Und dann gab es noch die eigenartigen, glitschigen, weißen, jedoch sehr leckeren Litschis, die gewöhnungsbedürftigen Kumquats, die geschmacklich an Bitterorangen erinnern und die Karambolas, die auch unter dem Namen Sternfrucht bekannt sind. Letztere kann ich persönlich nicht gerade als Gaumenfreude empfinden, aber die Form alleine hat schon etwas für sich. In Scheiben geschnitten eben sternenförmig im Erscheinungsbild, war sie stets noch das Tüpfelchen auf dem "i" und verlieh unseren zusammengestellten Desserts nochmals eine besonders fantasievolle Note. In kleinen Saucieren wurden diverse Fruchtsaucen von z. B. Himbeeren, Mangos und Erdbeeren angeboten und gar nicht minder lecker, stand eine Marsala-Sabayone parat. Oben in den Eisbehältern befanden sich die verschiedenen Eis- und Sorbetsorten, mit den Geschmacksrichtungen: Vanille, Schoko, Pfirsich,

Maracuja, Walnuss, Haselnuss, Zitrone und Passionsfrucht.

Nachdem den Gästen also alle Bestandteile des Dessertwagens angepriesen worden waren, standen diese vor der Qual der Wahl. Das Bedienungspersonal kam dann den Wünschen entsprechend nach und drapierte die Objekte seiner Begierde sauber auf einen Teller. Gerade die Stammgäste verließen sich jedoch, auf das inzwischen antrainierte Wissen und Können der dienstbaren Geister und überließen diesen oft gerne die Zusammensetzung ihrer Nachspeise. Diese Teller wurden nicht nur geschmacklich sondern auch optisch die besten, denn es wurde sehr darauf geachtet, die Teller nicht zu überladen, wie es bei Dessertbüffets oft gang und gäbe ist. Eher sollten die einzelnen Bestandteile, harmonisch aufeinander abgestimmt, ein Ganzes ergeben und für Gaumen UND Augen ein Festschmaus werden.

Vor allem durch die Verwendung der vielen Früchte und dem Zusammenwirken der Fruchtsoßen, kamen wahre Kunstobjekte heraus, die zum Verzehr eigentlich (fast) zu schade waren. Ein bisschen Mousse au Chocolat, eine dünne Scheibe von der Charlotte, nur ein Viertel von der Creme Caramel (wegen der Kalorien), zwei Scheiben Kiwi, drei Orangenfilets, drei Streifen Mango, zu den Früchten eine Kugel Zitronensorbet, neben die Mousse platzierten wir eine Kugel Walnusseis, die mit 3 Stück Walderdbeeren bestückt wurde und als krönenden Abschluss, gab es eine Verflechtung der roten

Erdbeersoße mit der gelben Mangosoße, was nochmals ein besonders kunstvolles Gebilde wurde.
Und trotz des immensen Angebotes an süßen Leckereien sollte es jemanden geben, dem das immer noch nicht ausreichte.

Hier gab es viele Stammgäste, darunter auch ein Ehepaar, das im Schnitt einmal in der Woche kam, um sich kulinarisch verwöhnen zu lassen. An diese beiden Personen könnte man sich sicher gar nicht mehr erinnern, geschweige denn gar eine Beschreibung abgeben, wie sie aussahen, wäre da nicht der mitgebrachte Sohn gewesen.
Nein, nein. Jetzt kommt keine Geschichte, von wegen man würde sich an ihn erinnern, weil er so gut aussah oder mit seinem Charme um sich schmiss, dass eine junge Frau bei seinem Auftreten vor Freude Herzklopfen bekommen hätte. Nein! Das Gegenteil war der Fall.

Sobald sich diese Familie zum Essen angemeldet hatte, stieg bei einigen von der Belegschaft sofort der Adrenalinspiegel und ihre Gallensäfte vermehrten sich schlagartig.
So stellte sich der Servicebereich schon mal seelisch und moralisch auf diesen angekündigten Besuch ein, während in der Küche bereits Vorbereitungen getroffen wurden, um die obligatorische, unvermeidliche und heiß geliebte Leibnachspeise dieses Sprösslings, möglichst rasch kredenzen zu können.

Doch nicht die Bestellung eines Desserts, das nicht auf dem Dessertwagen stand, war es, was die Dienerschaft auf die Palme brachte. Ganz und gar nicht. Schließlich liebten auch sie ausgefallene Procedere und lernten derer sehr viele hier. (Unter anderem lernte so mancher ganz nebenbei, wie man bei einem Mercedes die Handbremse löst!)

Ebenso könnte man auch nicht behaupten, diese Herrschaften wüssten sich nicht zu benehmen oder dergleichen. Und doch gelang es diesem Knilch, der noch nicht einmal wahlberechtigt, aber schon altklug und naseweis war, wie ein ehemaliger Weltkriegsteilnehmer, der sich nun als Großmogul verdingt, regelmäßig ihren Blutdruck in die Höhe schnellen zu lassen.

Es war einfach nur seine ganz eigene, diffizile Art, die man nicht leicht beschreiben kann. Doch ein Versuch kann ja nicht schaden.

So wie es aussah, hatten seine Eltern kaum etwas zu vermelden. Immerhin durften sie sich selbst aussuchen, was sie gerne essen würden. Alles drehte sich um ihren Stammhalter und es schien, als wären sie sogar mächtig stolz auf ihn. Denn ganz gleich, was er für Sprüche von sich gab, stets bedachten sie ihn mit einem Lächeln, das jedoch im Nachhinein, als ziemlich verquer in Erinnerung blieb. Nachdem also die Familie Vor- und Hauptspeisen genossen hatte, wurde ganz im Interesse aller Beteiligten, immer der Dessertwagen geordert. Ganz interessiert und vollkommen fasziniert, so hatte es zumindest den Anschein, lauschte er den Ausführungen und Erklärungen. Dabei kam es einem vor, als würde er von der Eckbank aus über den Tisch krabbeln, um möglichst nah seine Nase in alle Schüsseln und Behältnisse stecken zu können. So weit lehnte er sich vor.

Er fragte auch sehr viel. Beispielsweise wollte er stets wissen, was woraus bestand, ob es vielleicht Spuren von Nüssen enthielt (nicht dass er an einer Allergie litt, er wollte es nur wissen!), wie viel Prozent Alkohol noch in der Mousse au Chocolat steckte und ob der Mocca darin wohl sehr dominant im Geschmack wäre.
Oder wie viele Köche an der Herstellung der Creme Caramel beteiligt waren und ob auch das Personal von diesen Köstlichkeiten kosten dürfte. Und so weiter und so fort, bis jedes Mal ca. 20 - 30 Minuten verstrichen waren.
Gespannt stand man dann am Ende des Vortrages, mit dem Teller in der Hand da und wartete noch immer geduldig, auf seine weiteren Anweisungen.
Seine Eltern winkten sowieso stets ab - wegen der Figur. Sie bevorzugten Obst in destillierter Form zu sich zu nehmen.
Und er selbst, der sich doch den Dessertwagen nur zu gerne kommen ließ, meinte dann stets:
"Mh! Ach, ich weiß nicht so recht. Das klingt ja alles wirklich SEHR verlockend und vielleicht, könnte ich ja mal ein paar von diesen Früchten und ein wenig davon und etwas hiervon und darüber noch 2 Kugeln davon ... - oder doch lieber nicht?

Hach, ist das immer schwer hier. Oh, wissen Sie was? Ich habe eine fantastische Idee! Hier gibt es doch noch was ganz Spezielles. Bringen Sie mir doch lieber - wie heißt das noch? Ach ja, genau, die Pfeffererdbeeren."

Sprach es, setzte sich wieder seelenruhig auf seinen Allerwertesten, verschränkte die Arme und wartete auf den Auftritt von weiteren Bediensteten.

Die ersten paar Male, die er diesen Schabernack trieb, dachte man noch, naja, vielleicht ist ja wirklich nichts dabei, was ihm jetzt schmecken könnte. Doch als sich niemals etwas an diesem Procedere geändert hatte, begriff man, dass seine *Gangart* Methode hatte und er einen "nur" veräppeln wollte.

Damit sich die Gemüter nicht allzu sehr überhitzten, wurde die Präsentation des Dessertwagens künftig laut genug vorgetragen, damit es die Tische in unmittelbarer Umgebung gleich mitbekamen und diese auf einen weiteren Vortrag verzichten konnten.
Alle Anwesenden kamen somit auch noch in den Genuss, viel mehr über die Leckereien zu erfahren, als sie jemals zu fragen gewagt hätten.

Dem bleibt jetzt nur noch hinzuzufügen, dass dieser Junge eines Tages doch tatsächlich entführt worden war und seine Entführer es zunächst wagten, auch noch ein Lösegeld für ihn zu verlangen!
Doch eine Zahlung brauchte gar nicht zu erfolgen, da er sich selbst befreien konnte. Wie es hieß.

Böse Zungen behaupten jedoch, dass die Entführer die Tür zu seinem Verließ absichtlich unversperrt gelassen hätten, damit sich diese **Nervensäge** vom Acker machen konnte und sie ihn auf diese Weise, ganz galant wieder loswurden. Wenn auch mit finanziellem Verlust, so konnten sie zumindest ihr Gesicht wahren. Vermutlich waren die Entführer nach diesem Erpressungsversuch sogar geläutert und suchten sich nach ihrer Haftstraße eine anständige Arbeit?

Ja, ja, das Leben kann einen beuteln.

Zur Vervollständigung dieses Berichtes folgt hier noch die Zubereitung für die:

Pfeffererdbeeren

(Die unbedingt ganz frisch - am Tisch - zubereitet werden müssen und schon deshalb auf keinem Dessertwagen oder Dessert-Büffet stehen dürf(t)en.)

Ca. 100 g frische Erdbeeren mit der Gabel grob zerdrücken, etwas zuckern, einen Schuss Orangenlikeur und einen Schuss guten Weinbrand dazugeben. Mit der Pfeffermühle etwas pfeffern (grob), durchmengen und mit etwas Schlagsahne servieren.
Je nach Geschmack mit einer Kugel Vanilleeis an-reichern.
Guten Appetit.

Was denn, … DA soll ich hinunter?

Annas großer Wanderfan
Sagt zu ihr: "Komm, lass uns geh´n
Durch des Waldes kühle Frische
Brauchst heut´auch nicht abzuspüle.
Denn wir kehren dann noch ein
In ein Gasthaus, das wird fein."

Anna, die auch gerne hatscht,
Jetzt fröhlich in die Hände klatscht.
"Oh, das kommt mir grade recht,
So eine Einkehr ist nicht schlecht."

So gingen sie und zogen vondannen
Vorbei an Buchen und auch Tannen
Sie stiegen auf und stiegen ab,
Die Zeitnot hielt sie so auf Trab.

Sie wollten eine Kürzung nehmen
Quer durch den Wald, bergab zu gehen.
Er deutet ihr den steilen Hang
Den man normal nicht gehen kann.

Anna schreit - nun nicht mehr munter:
"Was denn? Da soll ich jetzt runter???"
Nun denn - sie hat es doch gemacht
Es hat ihr Ehre eingebracht.

Denn hier zu geh'n mit Stöckelschuh´
Da hätt´ die Bergwacht keine Ruh`.
Wenn die geseh'n wie Anna dackelt,
Sie hätten mit die Köpf' gewackelt.

Doch so war es ein schöner Trip
Und die Einkehr wurde auch ein Hit.
Mit ganz viel Glück und frohem Mut
War letztlich auch die Ente gut.

Thumsee-Diving

Lauter halb- oder auch vollnackerte, runzlige aber auch pralle Ärschle stehen da, so nah am Rand der Bundesstraße, dass sie oftmals ohne weiteres von den Vorbeifahrenden abgeklatscht werden könnten.

So mancher hüpft auf einem Bein, um das Wasser aus seinem Ohr herauszubekommen. Badelatschen liegen umher und Handtücher, mit denen die Haare zuvor trocken gerubbelt wurden, werden in allen Größen und Farben präsentiert. Von der Straße aus, an dieser Stelle noch gar nicht zu erkennen, liegt hinter einer Baumreihe der malerische Thumsee. Badegäste, die einen ergiebigen Sommertag genießen möchten, ziehen es vor, sich auf der gegenüberliegenden Wiese, in der Sonne brutzeln zu lassen oder sie nutzen, durch die Bezahlung mit ein paar wenigen Groschen, die Vorzüge, die das offizielle und bestens organisierte Thumsee-Bad zu bieten hat.

Diejenigen jedoch, die sich lediglich mal eben, einen kühlen Kopf verschaffen möchten, versuchen eben genau hier, direkt an der Straße einen der wenigen regulären Parkplätze zu ergattern. Nur ein Holzgeländer, das ein paar wenige Stufen säumt, die in den See führen, zeugt davon, dass es hier eine Einstiegsmöglichkeit gibt. Einige leicht bekleidete Badegäste sitzen auf den blanken Holzbalken und lassen sich von der Luft trocknen. Manche rauchen genüsslich ihre Zigarette und beobachten das ständige Kommen und Gehen.

Handtücher und vor allem die Gummischlappen flacken scheinbar herrenlos herum.

Die Besitzer befinden sich entweder noch auf der Treppe oder in der seichten, langsam tiefer werdenden Einstiegsbucht. Oder ein paar Meter weiter vom Ufer entfernt, jedoch immer noch in Stehhöhe. Oder schon ganz weit draußen, sozusagen auf „Offener See".

Auch wenn es die Möglichkeiten gibt, kurz inne zu halten und auf einer Sandbank in Fischschutznähe zu rasten, sollte der Schwimmer dennoch über eine ausreichende Kondition verfügen.

Es sei denn, er macht es ganz gewieft und nimmt sich seine eigene Rettungsinsel in Form einer Luftmatratze mit. Besitzer und Nutzer einer solchen, trifft so manch neidvoller Blick einiger Badegäste. Beinahe so, als wären sie Yachtbesitzer und lägen im Hafen von Monaco.

Erfrischend ist dieses Thumsee-Diving allemal. Auch dann, wenn die Temperaturen des Sees mit der Zeit und bei anhaltend schönem Wetter in die Höhe klettern. Das bringt nicht nur die unmittelbare Sonneneinstrahlung mit sich, sondern auch die vermehrte Benutzung der immer mehr werdenden Badegäste. Gut aufgeheizt gehen sie in den See und wirken wie ganz viele kleine Tauchsieder auf ihn ein. Abgekühlt, erfrischt und wieder klar im Kopf, überqueren sie in Badehosen und Bikinis die Bundesstraße, um sich an ihren PKWs umzuziehen. Und ganz gleich, wie „g´schamig" (verschämt) sie zuvor auch gewesen sein sollten und kaum Verständnis für die, ich nenne es jetzt einfach mal: „Peepshow am Straßenrand" aufbrachten... – nach einem solchen Badegang im See, nimmt es KEINER mehr so ganz genau mit seiner Anzugsordnung und deren Wechsel.

Baggersee – Erinnerungen an die Jugendzeit

Wenn ich so dieses Bild betrachte
und in Erinnerungen schmachte
Dann fällt mir ein wie´s damals war –
So unbeschwert und wunderbar

Lang, lang ist´s her und schon so fern
Doch denke ich daran ganz gern;
Ich hatte einen Sonnenbrand
Er stand mir gut, wie ich wohl fand

Die Arbeit rief ganz laut nach mir
`Ne halbe Stunde noch zu ihr
Ich trank, so war es bei mir Sitte
Einen Espresso. „Danke." - „Bitte."

Heiß war der Sommer und auch die Nächte
Was ich daran so wohlend schätzte
Das war, dass wir nach unser´r Schicht
Ich sag, so ´was vergisst man nicht
Zum Baggersee nach Trennfeld dort
Wir fuhren hin und waren fort

Gedanklich weit weg von der Welt
Die uns nur nervte, pfeif aufs Geld
In einer heit´ren lustigen Runde,
Sprangen wir zu später Stunde
Hoch erhitzt und ohne Kleider
In den See, doch leider, leider
War der nicht sehr erfrischend grad
Die warme Brüh´ - sie machte mad.

Doch schlimmer war, es war ein Graus
Nein, nein, es schwamm hier keine Maus
Er war schon umgekippt der See!
Und als wir fuhr´n nach Haus´, oh weh
Da stand die Mutter in der Zarge
Und stellte abschließend die Frage:
"Kind, wo bist denn Du gewesen?
Du stinkst, als würdest Du verwesen."

(Anmerkung. Foto: Anna Dorb in ihrer damaligen Stammkneipe „Cafe´
Madelaine" vor ihrem Arbeitsbeginn in der Gastronomie um 17 Uhr.
Jener Baggersee liegt in Trennfeld bei Homburg am Main/Unterfranken
An dieser Stelle sei auch das Buch "Gschichtli und Gedichtli" empfohlen.
Nähere Infos am Ende dieses Buches)

Mit dem „Strich-Achter" nach Paris (1984)

Alfred und Hubert, zwei lustigen Gesellen, die gerade
mal über ihren Führerschein und einen Mercedes „Strich
Acht" verfügten, der damals in die Kategorie Gebraucht-
wagen fiel und von daher relativ günstig her ging,
hatten eines Nachts die Schnapsidee, mit ihren Kameraden, *mal eben* nach Paris zu fahren.
Halt so. Einfach aus einer Laune heraus.

Randvoll mit Bier und den damals käuflich zu
erwerbenden hochgeistigen (!) Getränken, die ihnen
anscheinend an diesem Abend in ihrer Stammkneipe ein
bisschen zu Kopf gestiegen waren. Nur mal so in die
Runde gefragt, wollten um Mitternacht herum noch
sechs ihrer Freunde mitkommen.
An den Begriff *Platzmangel* wurde nicht einmal
ansatzweise ein Gedanke verschwendet. Was sich
letztlich auch erübrigte, denn bereits gegen ein Uhr
nachts waren es schon zwei weniger und im Laufe der
verbleibenden Zeit bis zur Sperrstunde um drei Uhr
hatte sich die Anzahl der Teilnehmer auf genau die
Beiden reduziert.
Doch was soll's. Die Reise wurde trotzdem, oder gerade
deswegen, erst recht angetreten. Zigaretten waren
ebenso ausreichend vorhanden, wie auch Sprit im Tank
des Mercedes, und die Reise nach Paris konnte starten.
Mitten in der Nacht. Ohne ihren Leuten zuhause
Bescheid zu geben.
Frische Wäsche oder ein Zahnbürstel? Wozu? So etwas
brauchte man(n) doch nicht!

SIE waren unsterblich. SIE waren die Größten. SIE waren die Besten.

Sie waren so jung und – so dumm …

Ihr Diesel, der weniger Promille im Treibstoff zu haben schien, als sie in ihrem Blut, stand fahrbereit ganz in der Nähe und ohne sich weiter um irgendetwas zu kümmern starteten sie und fuhren also los, ´gen „Fronkreisch". Die Musik aus dem Autoradio wurde entsprechend zur vorherrschenden Gemütslage, (zunächst) laut aufgedreht und die wenige, noch vorhandene Atemluft im Inneren ihres Gefährtes, durch Rauchschwaden ersetzt.

Anfangs noch voller Euphorie und guter Laune gingen ihnen mit der Zeit jedoch die Gesprächsthemen aus und Langeweile stellte sich ein. Die Straßen zogen sich schnurstracks dahin und es ergaben sich keine nennenswerten Vorkommnisse, sodass sie urplötzlich eine Müdigkeit erfasste, die ihnen doch bedenklich vorkam. Allerdings wollten sie sich nicht die Blöße geben anzuhalten und sich den Schlaf zu holen, den sie von Rechts wegen absolut nötig hatten. So beschlossen sie einfach, sich beim Fahren abzuwechseln.

Zunächst zog sich Hubert vom Geschehen zurück und schlief ein paar Stunden, während Alfred tapfer in Richtung Westen weiterfuhr und sich dabei eine Zigarette nach der anderen reinzog, nur damit er wach blieb. So ganz ohne Unterhaltung wurde die Fahrt öde und langweilig und langatmig und wahnsinnig fade …

Inzwischen war es bereits hell geworden und Alfred war nun der Meinung, dass Hubert fürs erste genug geschlafen haben musste. Also weckte er ihn und sie tauschten die Plätze.

Im fliegenden Wechsel, also ohne rechts ranzufahren, übernahm Hubert das Steuer und Alfred zog sich zwischen den Sitzen auf die Rückbank zurück, um sich mit der dort vorhandenen Decke zuzudecken und zu schlafen.

Hubert fuhr nun ebenfalls ohne persönliche Ansprache Paris entgegen. Die Kilometer flogen nur so dahin und als sie die Grenze erreichten und er die Scheibe herunterließ, wurden sie faktisch ohne genauere Kontrollen, durchgelassen. Die Grenzposten waren wohl von den ausströmenden „Nebelschwaden" so angewidert, dass sie keine Lust hatten diese *wilden Kreaturen* genauer unter die Lupe zu nehmen.

Alfred schlummerte im Fond weiter und bekam davon sowieso nichts mit. Er schlief tief und fest unter der Decke vergraben, ganz ohne akustische Laute von sich zu geben. Nicht einmal sein Atmen war zu vernehmen.

Der Fahrzeuglenker stellte das Radio wieder an, doch selbst die Musik, die zu so früher Stunde über den Äther lief, vermochte es nicht, ihn bei Laune zu halten. Da entdeckte er in einiger Entfernung einen Mann, der an der Straße stand und um Mitnahme buhlte. Der kam ihm wie gerufen. Er verringerte die Geschwindigkeit, setzte den Blinker und hielt an.

Vermutlich konnte er aus seinen noch immer trüben Augen nicht erkennen, dass es sich bei diesem Tramper um einen recht ramponierten Kameraden handelte. Wies dieser doch einige Schrammen im Gesicht auf und auch seine Kleidung war ziemlich zerfetzt und zerschlissen. Wo kam er her? Was war ihm passiert? War er ein Opfer oder war er gar ein Täter? Hatte ER etwas verbrochen und wenn ja, WAS?
Fragen, die sich ein normaler Mensch auf jeden Fall stellen würde, vorausgesetzt er käme überhaupt auf die Idee eine solche Gestalt mitzunehmen, die alles in allem eine doch eher denkwürdige Erscheinung war!
Doch Hubert war das egal. Er sah das nicht so eng. Er dachte sich ganz offensichtlich rein gar nichts dabei.

Dankbar, für die Mitnahmegelegenheit, setzte sich der Fremde auf den Beifahrersitz und schnallte sich sogar an. Allerdings konnten die beiden keine richtige Unterhaltung führen, denn Huberts Französisch war nicht gerade der Brüller und der andere konnte kaum Deutsch. Ergo erstarb die Konversation schon nach Bekanntgabe und Feststellung des Zielwunsches des Fahrgastes und es kehrte wieder Ruhe ein.
Nur das Radio dödelte vor sich hin.

Der *Mitgenommene*, der vom dritten Mann im Auto nichts mitbekommen hatte und somit glaubte alleine mit Hubert unterwegs zu sein, lehnte seinen Kopf an die Seitenscheibe und versuchte sich zu entspannen. Er schloss die Augen und irgendwann schlief auch er ein …

Wie viel Zeit in dieser Besetzung verging, konnte im Nachhinein keiner der Beteiligten mehr sagen.
Der Fahrer war nur enttäuscht, dass er trotz des Neuzuganges keine ansprechende Unterhaltung hatte, der Fremde blieb weiterhin fremd und der Hintermann schlief.
Noch!

Doch irgendwann erwachte der Schläfer auf der Rückbank und unbemerkt von den anderen, da sehr leise, schälte er sich aus seiner Decke.
Im Zeitlupentempo erhob er sich zu einer kauernden Kreatur mit wirr abstehenden Haaren, sprießendem Bart und geröteten Augen.
Völlig unbewusst, der geheimen Tätigkeiten seines Freundes bezüglich der Mitnahme fremder Menschen mit ebenfalls furchterregendem Aussehen, lehnte er seine Ellenbogen auf die Vordersitze und steckte seinen Kopf zwischen die Kopfstützen.

Der Fremde erwachte nun ebenfalls. Er spürte, dass irgendetwas anders war als zuvor. Ein unheimliches Gefühl beschlich ihn und er meinte, von der Seite her den kalten und schalen Hauch des Todes zu verspüren.
Unvermittelt trafen sich ihre Blicke, die ihnen verdeutlichten, dass sie nicht, wie eigentlich angenommen, alleine mit ihrem Chauffeur unterwegs waren und in Anbetracht der äußerlichen Erscheinung beider (!) stießen sie alsbald Schreie aus, die einem Horrorfilm der Spitzenklasse zur Ehre gereicht hätten.

Hubert, dieser arme Kerl, bekam kurzzeitig ca. 120 Dezibel auf sein rechtes Ohr, was ihn dazu veranlasste, den Mercedes abrupt zu stoppen, woraufhin der Fremdling die Tür aufriss und laut schreiend und eiligst davonlief.

Auf Nimmerwiedersehen …

Schnaps ... (1986)

Sie war noch recht jung, so um die 20 Jahre, als sie in einem familiär geführten Betrieb im Badischen nicht nur bediente, sondern auch viele andere Tätigkeiten erledigte.
Eines Tages sollte sie eine ganz spezielle Arbeit verrichten.
Und zwar das Abfüllen des hier selbst gebrannten Schnapses in Glasflaschen, wurde ihr - ausgerechnet ihr (!) aufgetragen.

Ein dünner Plastikschlauch hing aus einem Fass und es wurde ihr gesagt, sie müsse an diesem nur kurz saugen, dann würde das kostbare Destillat von ganz alleine laufen und sie bräuchte damit nur noch die Flaschen zu befüllen, bis das Fass leer sei.

Etwas ungläubig sah sie sich zwar schon in diesem gekachelten Raum um, doch dann zuckte sie nur mit den Schultern und dachte sich: *Na, die werden schon wissen, was sie von mir wollen.*

Also saugte sie am Schlauch...

Allerdings wohl etwas zu fest, denn sie musste einen kräftigen Schluck von der, doch eigentlich leckeren *Williams Christ Birne* zu sich nehmen.
Und da ihr klar war, dass dieses gefühlte, dreifache Stamperl in der Wirtschaft soundsoviel kostete und es doch wirklich sehr schade darum wäre, spuckte sie nicht

aus, sondern schluckte es, zunächst widerwillig, hinunter.

Dann versuchte sie, so gut wie es ihr jetzt noch möglich war, die ihr zugeteilte Arbeit zu erledigen. Ha! Ging's ihr gut. Grad schön war das und erst die lustigen Flaschen, die nicht so recht still halten wollten...

Nur gut, dass sie an diesem Tag lediglich eine Sorte abfüllen sollte. Schließlich gab es ja auch noch Kirsch- Mirabellen- und Zwetschgenschnaps und nicht zuletzt den Obstler, die alle ebenfalls, irgendwann in handliche Glasflaschen abgefüllt werden mussten.

Das hätte sie an einem einzigen Tag jedoch nie und nimmer geschafft. Zumindest nicht, wenn es dazugehörte, dass sie von jeder Sorte eine dreifache Kostprobe zu sich hätte nehmen müssen.

Doch so schnell wie dieses Räuschlein kam, war es auch wieder verschwunden und sie musste keine Spätfolgen verkraften.

Davon ist zumindest sie überzeugt - und zwar ernsthaft!

Der Springer

Oh nein, oh nein, oh nein ...
Schon wieder einer, der im Begriff ist zu springen.
Ich sehe ihn genau. Er steht da, in sich gekehrt,
abwechselnd hinab in die Tiefe und in weite Ferne
blickend.
Menschen stehen um ihn herum. Sie scheinen ihn nicht
zurückhalten zu wollen.
Warum tun sie das nicht? Sind sie am Ende gar der
Grund für sein Verhalten? Sind sie der Anstoß dazu?

Nur die Sonne scheint so schön, als wolle sie ihn mit aller
Macht von seinem Vorhaben abbringen. Es ist doch ein
so schöner Tag. Angenehm mild und kaum ein Lüftchen
weht mir um die Ohren.
Auch wenn ich meilenweit entfernt von diesem Szenario
stehe und gar nicht eingreifen könnte, kann ich es
durchaus genau verfolgen. Mit dem Fernglas in der
Hand, ist es mir möglich die Sache mitansehen zu
können, oder besser gesagt, zu müssen, denn wer
schaut schon gerne einem Menschen zu, der sich in den
Abgrund stürzen möchte?

Kurz überlege ich noch, ob ich die Polizei, die Feuerwehr
oder einen Rettungsdienst anrufen soll, da tritt er
zurück. Ein paar Schritte nur, die mich veranlassen
erleichtert aufzuatmen. Das jedoch nur kurz, denn schon
im nächsten Moment scheint mein Herz auszusetzten.
Er tritt nur zurück, um Anlauf zu nehmen!

Anlauf um mit Schwung und ohne Rückzugsmöglichkeit einem freien Fall entgegen zu rennen.

Die Umherstehenden sehen ihm nun ebenfalls gebannt hinterher und erwarten seine Ankunft auf dem Erdboden. Alle fühlen mit ihm, beobachten seine Bewegungen. Es scheint eine Ewigkeit zu dauern. Bei manchen kann man sogar erkennen, dass sie ihren Blick abwenden und sie sich lieber in der Gegend umschauen. Als ob es jetzt etwas Wichtigeres geben könnte! Doch die Gesichter der Zuseher schauen gar nicht erschrocken aus. Sie blicken drein, als sei es gang und gäbe, dass sich hier die Menschen in die Tiefe stürzen. Keine Regung. Keine Schreie. Keine Tränen. Nichts dergleichen …

Wie in Zeitlupe segelt er hinab – dem Erdboden entgegen. Nur noch wenige Meter bis zum Auftreffen. Man möchte beinahe sagen, elegant, wie er dort auftrifft.

Unten wird er bereits erwartet, von seinen Freunden, von seiner beinahe vollzählig angetretenen Verwandtschaft. Und ALLE jubeln! Der Paraglider hat wieder festen Boden unter den Füßen.

DIE Frau hat vielleicht Nerven - aber mit Recht!

Es begab sich zu einer Zeit, in der sie noch immer nach Würzburg fahren musste, um sich einer Chemotherapie zu unterziehen. Gottlob kam sie inzwischen mit der "leichteren" Form aus, die ihr zumindest nicht den Appetit nahm.

An jenem Tag wurde sie von ihrer Schwester nebst Gatten abgeholt, die sie prompt auch noch zum Abendessen einluden. Ihnen schwebte das „Bürgerspital" vor, bei dem es sich bekanntermaßen um ein sehr gutes Weinlokal handelt. Die Gastgeber suchten sich Rehrücken und Hasenfilet samt Beilagen aus und bestellten sich dazu je einen passenden Schoppen Frankenwein.

SIE mochte am Abend nicht mehr so sehr viel essen und liebte auch noch süße Sachen, so dass sie sich für einen *Toast Hawaii* entschied. Ist doch auch nichts einzuwenden, oder? Schließlich stand dieses Gericht brettlbreit auf der Speisenkarte. Doch ihr bevorzugtes Getränk hierzu entpuppte sich für dieses Lokal als etwas ungewöhnlich. Sie verlangte doch tatsächlich nach einem Radler! (Halb Bier - halb Zitronenlimonade) „Aber ein kleines! Bitte!"

Schon jetzt etwas irritiert anstatt amüsiert, erwiderte der Ober, noch einigermaßen freundlich, er könne ihr leider kein Radler servieren, da sie sich hier in einem Weinhaus befände, in dem es kein Bier geben würde. (Gibt's denn sowas?)

"Mmmh!", überlegte die Gute und setzte gleich noch eins drauf: "Dann bringen Sie mir doch bitte ein Achtel Lambrusco."

Ihrer Schwester fiel nun vor Lachen ein Stückchen mit Kräuterbutter bestrichenes Baguette aus dem Mund und ihr Gatte prustete seinen Aperitif in die Serviette.

Auch der Kellner verzog, nun schon etwas angewidert, seinen Mund und gleichzeitig die linke Augenbraue nach oben. Dabei zischte er zwischen den zusammengekniffenen Zähnen hervor: "Wir haben auch keinen Lambrusco, dafür aber ganz ausgezeichnete Frankenweine ... Dürfte ich Ihnen vielleicht einen Riesling oder einen Silvaner zu Ihrer *Ananas* empfehlen?!"

Und die Frau fragte, wie aus der Pistole geschossen: "Ja sind die denn auch süß?"

Der Ober, der sich nun kaum noch zusammenreißen konnte, sprach: "Nein!!! Die sind trocken! Aber wenn es denn beliebt, dann bringe ich Ihnen vielleicht einen Bacchus? Der wäre dann zumindest halbtrocken ...!"

"Na, wenn Sie meinen ... Dann eben einen Bacchus. - Aber bitte nur ein Achtel."

Der Ober hatte sich bereits in Richtung Küche abgewendet, als sie ihm dann noch nachrief: "Und bringen Sie mir doch bitte eine Zitronenlimonade dazu. Dann kann ich mir eine süße Schorle daraus machen ..."

Weder das Verdrehen seiner Augen noch den herannahenden Herzstillstand des Kellners konnte man erkennen. Wohl aber das kurze Innehalten in seiner

Schrittfolge und ein schockartiges Hochziehen seiner Schultern. Ganz offensichtlich hatte dieser arme Mann noch nicht allzu viel mit solchen kulinarischen Banausen zu tun gehabt. Doch ich finde: Ein echter Profi hätte sich nichts dergleichen anmerken lassen dürfen!

Als sich die Gute neulich in einem Brauereigasthof befand, fragte sie doch tatsächlich, ob sie hier auch ein *Achterl* Wein haben könnte.

Machen Trüffel schön? (Herbst 2009)

Oder anders gefragt: Darf *Frau* den Worten eines
Mannes Glauben schenken, von dem sie eigentlich
genau weiß, dass sein größtes Kompliment an eine Frau
das ist, wenn er sagt, das Essen habe ihm geschmeckt
und dieser von jeher und vermutlich auch in seiner
tiefsten Überzeugung der Meinung ist, einer Frau
niemals ein Kompliment machen zu dürfen, weil er
befürchtet, sie würde sonst überschnappen?
Und das selbst dann, wenn es sich um den eigenen Vater
handelt?
Es war Mitte August und ihre Eltern kamen zu Besuch.
Zur Feier des Tages lud sie diese zum Essen in eine
Wirtschaft ein, von der sie wusste, dass es IHM hier auf
jeden Fall schmecken würde. Da ihr Vater ein
ambitionierter Pilze-Sammler ist, fragte sie ihn im Laufe
des Abends, wie er wohl die diesjährige Ernte im
Spessart einschätzen würde. Er meinte, es müsste
aufgrund des warm-feuchten Sommers eine recht gute
Ausbeute geben und er versprach, ihr zu Weihnachten
ein Glas mit getrockneten Steinpilzen zu schicken.
Nicht zuletzt deshalb weil sie selbst, in ihrer Gegend im
Oberbayerischen, noch niemals über einen Steinpilz
gestolpert ist und wohlwissend um die hohen Preise, die
hierfür im Handel verlangt werden, freute sie sich über
dieses bevorstehende Präsent natürlich sehr. Als ihr
Essen auf dem Tisch stand und sie sich die bestellten
Speisen schmecken ließen, fiel ihr eine Geschichte aus
ihrer Lehrzeit ein, die ihn ganz gewiss interessierte und
womöglich auch amüsierte.

Also berichtete sie, dass sie ihren Küchendienst während ihrer Ausbildung, die meiste Zeit am „Pass" verbringen durfte. Zu ihren Aufgaben an diesem Posten gehörte unter anderem, das Verlesen der Neubestellungen via Mikrofon, das Abrufen der einzelnen Gänge zu den sechs- oder acht-teiligen Menüs, das Herrichten der großen Silberplatten, um diese in den Service zu schicken und dann natürlich auch, den Gerichten den "letzten Schliff" zu verpassen.

Zu diesem Zeitpunkt, beispielsweise in Form von zwei bis drei Scheibchen frischen Trüffel, den sie mit der neuesten Errungenschaft ihres Chefs damals, dem Trüffelhobel, über die hausgemachten Bandnudeln in Trüffelrahmsauce oder dem "Pot eu feu von Edelfischen" hobeln durfte.

Das kam ihr sehr gelegen, denn sie erlaubte sich beinahe bei jeder Fertigstellung eines Trüffelgerichtes, die eine oder andere Trüffelscheibe selbst zu genehmigen.

Wohl wissend, dass diese Delikatesse schon damals ein Vermögen kostete, ließ sie es sich schmecken.

Sie waren einfach so unwiderstehlich, lecker nussig und wunderbar knackig ...

Ihrem Vater glänzten die Augen, ob dieser Schwammerlgeschichte und er kommentierte ihre Ausführung völlig unvermittelt mit den Worten: "Ach deshalb bist du so hübsch geworden."

Sie ist richtiggehend rot geworden und die Mutter grinste breit ...

Nachhilfe ... (zeitlos)

Wieder einmal kehrten Mathilde und Bertram D. in einem der exklusivsten Gourmettempel der Stadt ein. In sehr regelmäßigen Abständen, nämlich ziemlich genau alle vier Wochen, bestellten sie nicht nur einen schönen Tisch vor, sondern auch stets das gleiche ausgeklügelte Menü, das sie vor geraumer Zeit miteinander besprochen und festgelegt hatten.

Ihre Schlemmerabende eröffneten sie jedes Mal mit Champagner, der sie, ebenso wie die von ihnen gewünschte angenehme Hintergrundmusik, durch das ganze Menü begleiten sollte.
Anstatt des gängigen Grußes aus der Küche in Form eines Stückchen Quiche Lorraine, wurde ihnen schon jetzt die erste *Extrawurst* kredenzt: Wachtelrührei auf einem Fächer von Artischockenherzen und einem Perlmutt-Löffelchen mit feinstem Kaviar.

Kurze Zeit später servierte ihnen der Kellner, ein ganzes Dutzend Austern „Royal", das sie sich gierig schlürfend aber gerecht teilten.
Verliebte Blicke, eine Händeberührung - der Leichtigkeit eines Schmetterlingsflügels gleich ...

Ein kleines Tässchen Tomaten-Consomme` mit Steinbutt-Bärlauchnockerln kam als nächstes und der Champagner prickelte ihnen auf der Zunge.
Ein paar Brotkrümel vom frischgebackenen Baguette zierten von nun an die weiße Tafeltischdecke, auf der

eine Kerze brannte und das Blumengesteck aus weißen Nelken, Farn, roten Moosröschen und blauen Strelitzien duftete dezent.

Das kaum hörbare Schlürfen verriet, dass es den beiden mundete und niemand, weder die Bedienung noch die benachbarten Gäste, wagten es, diese einvernehmliche Zweisamkeit in irgendeiner Art und Weise zu stören. Lediglich die geleerten Tassen wurden diskret abserviert und schon bald sollte das Fischgericht folgen.

Ein wahres Kunstwerk, welches sich wie ein Gemälde auf zwei großen Tellern darstellte: „Praline von der Seezunge" mit Mangold und Jakobs-Muschelfleisch. Gefüllte Seezungenfiletröllchen, vorsichtig im Dampf gegart, aufgeschnitten in jeweils zwei Hälften, damit sich die kunstvolle Spirale erkennen ließ, angerichtet auf einem Spiegel von Riesling Schaum und Limonen Creme mit einem kleinen Häufchen Wildreis, der einen Hauch von Safran enthielt.

An dieser Stelle wurde nun die zweite Flasche Champagner entkorkt und die frischen Gläser damit gefüllt.

Die Augen der beiden leuchteten und leise Seufzer erfüllten die unsichtbare Sprechblase über ihren Köpfen, als sie sich andeutungsweise damit zuprosteten und sich so ganz nebenbei Glück wünschten.

Der absolute Höhepunkt sollte das kleine, auf den Punkt gebratene Steak vom Wagyu-Rind werden, das von zwei mit Serrano-Schinken und Salbeiblatt umwickelten Sellerie-Sticks begleitet und auf Rosmarin-Chili-Jus gebettet war. Der mit weißem Trüffel verfeinerte

Kartoffelschnee rundete diesen Augen- und Gaumenschmaus ab, und dennoch ließ sich unter den einzelnen Gerichten kein eindeutiger Favorit mehr ausmachen. Alles schmeckte vorzüglich.

Mathilde und Bertram schwebten auf *Wolke Sieben* und schienen geistig entrückt. Mit einem verzückten Lächeln nahmen sie gerade noch zur Kenntnis, dass ihnen das Dessert gereicht wurde:
Mit Orangen-Likör marinierte Erdbeeren und Feigen-Litschi-Konvit an Ingwer-Vanille-Chutney.
Kurz nachdem sie schlussendlich auch diese Köstlichkeiten verzehrt hatten, konnte sie nichts und niemand mehr in diesen gastlichen Räumen zurückhalten. Ungeachtet ihrer Servietten, die zu Boden fielen, sprangen sie auf, als wäre ihnen gerade eingefallen, dass sie zuhause das Badewasser nicht abgedreht hätten.
Sie rempelten den Standweinkühler an, in dem kopfüber die ebenfalls geleerte Champagnerflasche steckte, sodass dieser bedrohlich zu wanken begann, doch der aufmerksame Kellner war schon zur Stelle und mit einer lässigen Handbewegung bewahrte er diesen davor umzukippen. An der Garderobe vorbeihuschend griffen sie wie im Flug nach ihren Jacken, die ihnen von dort aus bereits gereicht wurden. So eilten sie dem Ausgang entgegen, vor dem das zuvor herbeigerufene Taxi auf sie wartete …

Einige Monate später kehrten Mathilde und Bertram an den *Tatort* zurück und wurden mit einer unglaublichen Herzlichkeit in Empfang genommen.

Der Restaurantleiter führte sie freundlich lächelnd zu *ihrem* Tisch und reichte ihnen die Speisenkarte, die sie zuvor nie beachtet hatten.

Dann gesellten sich Chefin und Chef des Hauses höchstpersönlich zu ihnen. Sie stießen mit ihnen auf ihr Wohl an, sie scherzten miteinander, plauderten und lachten. Genauso, wie beste Freunde das miteinander machen.

Leider konnten nur wenige Gesprächsfetzen einwandfrei überliefert werden und für Außenstehende mussten sie sich schon beinahe kriminell angehört haben.

So wie zum Beispiel diese hier: „… alles gut geklappt …", "… Überweisungen … jaja, alles reibungslos …", „… riskantes Unterfangen …", „… froh sein dürfen, dass …"

Alles in allem aber, so das Resümee, ist dieses Experiment ein zwar nicht gerade billiges, aber äußerst erfolgreiches und auch angenehmes gewesen, das sich wirklich gelohnt hatte.

Glücklich und zufrieden, beinahe selig, blickten sie alle in die große Tragetasche, die sie auf der Sitzbank abgestellt hatten.

Ihre Gesichtszüge wurden noch milder, ja gar verzückt und es schien beinahe, als würde dieses Szenario von einem hellen Glöckchen-Klingen begleitet.

Die blauen Augen eines Babys mit rosigen Wangen strahlten ihnen entgegen.

Das Ergebnis ihrer über Monate stattfindenden Versuchsreihe durch Aphrodisiaka an Nachwuchs zu kommen, konnte bereits lächeln ...

Währenddessen überlegte sich im Hintergrund der Küchenchef, diese Menü-Folge patentieren zu lassen, und machte sich auch dahingehend Gedanken, ob die Kosten für diese alternative Behandlungsmethode, eventuell von den Krankenkassen erstattet würden.

Woran könnte es liegen, dass Frettchen so mickrig bleiben? (1989)

Auch für eine Frau ist es nicht immer einfach den Überblick in ihrem Haushalt zu behalten. Vor allem dann nicht, wenn dieser aus mehreren Personen mit ihren dazugehörigen, meist vierbeinigen, „Anhängseln" besteht, von denen sie zwar dann und wann etwas gehört, teilweise aber noch niemals gesehen hat. So leerten sich Marias Vorratskammern und Kühlschränke bisweilen auf geheimnisvolle Art und Weise und manchmal wehten Düfte durch die Zimmer, von denen sie die Herkunft gar nicht so genau wissen wollte. Zu sehr hatte sich in ihrer Erinnerung der Geruch von gekochten Kutteln festgesetzt.
Wenn nun die Schwaden unter den Türritzen hindurchkrochen, verzog sie höchstens noch kurzfristig ihr Gesicht, zwang sich dann aber selbst dazu, an etwas Schönes zu denken und somit den grausigen Geruch zu verdrängen. Meistens gelang ihr das auch.

Glücklicherweise kam es nie zu Vorfällen, die sie nicht mehr hätte dulden wollen oder können, denn dem Reißen ihres Geduldfadens hätte ein Hausverbot für den Delinquenten, respektive seines Störenfrieds, zur Folge gehabt.
So versuchten sich also alle Hausbewohner an die, bis dato ungeschriebenen Gesetze zu halten und gewisse Regeln zu beachten.
Diese gute Absicht brachte jedoch auch mit sich, dass sich im Kühlschrank hin und wieder Dinge vorfanden, die

91

nicht aus Marias Einkäufen stammten und auch nicht zweifelsfrei als Lebensmittel zu erkennen waren.
Nun ja, eine gesundheitliche Beeinträchtigung war dennoch kaum zu befürchten, da alles in geschlossenen Behältnissen und Dosen aufbewahrt wurde. Aber eine genauere Definition der Inhalte, ließ sich aufgrund fehlender Etiketten, einfach nicht gewährleisten.
Nicht eingeweihte Familienmitglieder, die ein solches unbekanntes Kühlobjekt zwischen die Finger bekamen, stellten es vorsichtshalber wieder in die unendlichen Tiefen des Kühlschranks zurück und verließen sich lieber auf die altbekannten Wurst- und Käsesorten, die sie außerdem noch vorfanden.

Brenzlig werden konnte es, wenn sich Besuch ansagte, der sich zwar einigermaßen im Haus auskannte, sich aber nicht der momentanen Gepflogenheiten aller vorhandenen Familienmitglieder bewusst war. So traute sich dieser zwar den Tisch zu decken, Brot aufzuschneiden und Getränke aus dem Keller zu besorgen. Doch wenn es darum ging, Brotbeläge zu offerieren, musste Maria höchst selbst dem Kühlschrank entnehmen, was dieser hergab.

Voller Stolz ob ihrer Gastfreundschaft, hob sie eine geöffnete Dose in die Höhe und meinte dazu:
„Da schaut her, da ist ja auch noch die gute *Hausmacher Weiße*. Die hat bestimmt der Vater aufgemacht.“
Und nach einer ganz kurzen Bedenkzeit, die sie sich zu Nutze machte um am Inhalt zu schnuppern, ergänzte sie:

„Ach nee, das ist Hundefutter für Deines Bruders Frettchen ..."

Nun ja, ein bisschen gewürzt mit Salz und Pfeffer und garniert mit einem Gürkchen, hätte man über so manchen Geschmacksmangel hinwegtäuschen können. Nur was hätte das arme Frettchen davon gehalten, wenn man ihm sein *Fresschen* streitig machte?

Karpfen fränkisch (1985)

Sie und die Anneliese arbeiteten gemeinsam in einer
Lokalität in Bad Reichenhall und hatten an diesem
Abend zusammen Dienst.
Jede musste sich um einen Bereich mit ganz bestimmten
Tischen kümmern und die dazugehörigen Gäste
betreuen.
Ihre Bestellungen für Küche und Keller gaben sie in eine,
für damalige Verhältnisse, hochmoderne Registrierkasse
ein, die ihrerseits die einzelnen Order in Form von
beschrifteten Bons ausspuckte. Allerdings in leicht
gekürzter Form, denn jeder bestellte Artikel musste sich
mit lediglich sieben Buchstaben unverwechselbar zu
erkennen geben.
Das Programmieren dieser Kasse war eine echte
Herausforderung für die zuständige Stelle und das
Ergebnis konnte man beinahe schon als Geheimsprache
bezeichnen, das sich für Unwissende nur mit einer
Enigma oder einem ähnlichen Gerät übersetzen ließ.
Für diejenigen, die darum wussten und die Worte bzw.
Buchstaben richtig deuten konnten, wie die
Bedienungen und die Köche, war es mit der Zeit ein
Leichtes, sich zurechtzufinden. Doch bei den Gästen
löste die gedruckte Rechnung, auf der alles genauso zu
lesen war wie auf den Bons, und dann auch noch in
chronologischer Reihenfolge, oftmals ein heiteres
„Rätselraten" aus.
Zum Beispiel stand auf der Rechnung eines Gastes, sein
Verzehr von einem Bier, einer Portion Schweinebraten
und einem Glas schwarzer Tee in folgender Form:

```
1 Halbe      2,40 DM
1 Schwbr.   12,80 DM
1 Neusal    15,20 DM
1 GlschwT    2,20 DM
Re.Betr.    17,40 DM
```

Zunächst übersah er wohl, dass er mit der Endsumme durchaus hätte zufrieden sein können, doch weigerte er sich vehement, ein Ding namens *Neusal* zu bezahlen, da er ein solches niemals bestellt, schon gar nicht bekommen und erst recht nicht verzehrt hätte.
Er versicherte ihr, dass es ihm keinesfalls entgangen wäre, ein solches *Neusal* erhalten zu haben, weil sich seine Bestellung sehr im Rahmen hielt und er auch nur die von ihm wirklich bestellten Dinge erhalten hätte.
Sie erklärte ihm, dass er dieses *Neusal* nicht extra bezahlen müsse, da es sich hierbei lediglich um die sogenannte Zwischensumme handelte, die von der Registrierkasse als neuer Saldo und wegen der zur Verfügung stehenden Platzknappheit für Buchstaben, eben als *Neusal* abgekürzt wurde. Der Gast grinste und man konnte meinen, hinter seinen verschmitzten Augen die Überlegung erkennen zu können, dass er bei seinem nächsten Besuch die Speisenkarte von vorne bis hinten bestellen wird, nur damit sich auf der dazugehörigen Rechnung möglichst viele *Neusals* einfinden sollten.
Denn bei jeder Bestellung würde ein solches auf der Rechnung erscheinen. Wahrscheinlich hatte ihn die Erkenntnis, dass er dann auch alles bezahlen müsste, was er bestellt, von diesem Vorhaben abgehalten.

Auf jenen Bons stand jedoch nicht nur um welchen Artikel gebeten wird, wenn auch in abgespeckter Form, sondern einige weitere, wichtige Infos, die für einen reibungslosen Geschäftsablauf wichtig waren. Die da wären: Preis, Datum, Uhrzeit, Tischnummer und die Nummer der Bedienung, die die Bestellung aufgegeben hat. Anneliese, die einige Zeit vor ihr eingestellt worden war, hatte die Nr. 4 und sie selbst, die ihr in der Rangliste folgte, logischerweise die Nr. 5.
Ihre Stationen waren auch in Tischnummern unterteilt und an diesem Abend hatte Anneliese (natürlich unter anderen) Tisch Nr. 5 und sie Tisch Nr. 4 zu versorgen. Soweit so gut.

Doch sollte ihr dieses Zahlenspiel, in Verbindung mit den folgenden komplizierten Bestellungen, zum Verhängnis werden.

Zu jener Zeit war Karpfenzeit und diesen bereiteten die Köche entweder klassisch blau, oder aber, weil es sich ja um eine fränkische Familie handelte, die das Lokal führte, auch fränkisch, also gebacken zu.
An ihrem Tisch Nr. 4 saß ein einzelner, älterer Herr, der sich bezüglich eines Karpfengerichtes von ihr beraten ließ. Sie empfahl ihm wärmstens, den Karpfen fränkisch zu probieren, da es diesen hier in Oberbayern, sonst nicht auf diese Art geben würde.
Also bestellte er seinen Karpfen eben fränkisch.
Sie ging zur Kasse, bonierte seinen Wunsch zusammen mit einem dazu passenden Schoppen Frankenwein und

legte ihren Karpfenbon, dem sie handschriftlich noch den Buchstaben „g" für *gebacken* hinzufügte, in die Küche.

Was ihr jedoch entgangen war, ist die Tatsache, dass die Anneliese ihrerseits zur gleichen Zeit einen Karpfen blau mit einem hingekrixelten „b" für Tisch 5 bestellt hatte.

Nichts ahnend, welche Folgen dies nun haben würde, verrichteten sie ihre Arbeit weiterhin auch bei den anderen Gästen.

Als eine gewisse Zeit verstrichen war und die Küchenschelle erklang, ging sie zur Essensausgabe und sah dort einen Karpfen *blau* liegen.

Das Herz rutschte ihr förmlich in die Dirndlschürze und voller Panik einen Fehler begangen zu haben, las sie den Bon nur oberflächlich über Kopf und erkannte die Ziffern 4 und 5, was ihr als Beweis ihrer (vermeintlichen) Unfähigkeit genügte.

Um sich keinen Ärger mit der Küchenbrigade einzuhandeln und stattdessen lieber eine evtl. Konfrontation mit einem Gast auf sich zu nehmen, schnappte sie sich den Teller mit dem Karpfen blau, ging ganz mutig zu ihrem Gast an Tisch 4 und fragte ihn höflich, ob er nun vielleicht doch mit einem Karpfen blau einverstanden wäre, da ihr anscheinend ein Missgeschick passierte und sie seinen Karpfen fälschlicherweise, doch auf die andere Art bestellt hätte.

Gottlob war es dem Gast anscheinend völlig wurscht, wie er seinen Karpfen serviert bekam, Hautsache, er bekam überhaupt einen. Und so bedeutete er ihr, dass er mit dieser Alternative gerne Vorlieb nehmen würde.

Sie stellte ihm also den Karpfen *blau* hin, wünschte ihm noch einen guten Appetit und ging schnurstracks in die Küche zurück, um weitere Gerichte *an den Mann* zu bringen.

Doch was mussten ihre Augen nun erblicken? Stand doch tatsächlich jetzt ein Karpfen *gebacken* in der Ausgabe und die Anneliese ratlos davor. Anneliese hatte den Bon in der Hand und überlegte gemeinsam mit den Köchen, weshalb sie einen Karpfen *gebacken* hingestellt bekam, obwohl sie ihn *blau* bestellt hatte und vor allem wunderte sie sich über den Bon selbst, auf dem die Tischnummer 4 und Bedienung Nummer 5 stand.

Da nun kurzfristig alle etwas verwirrt waren, SIE jedoch aufgrund der nun vorhandenen Indizien die Situation sofort analysierte, warf sie schnell einen Blick zurück in den Gastraum, sah, dass ihr „Karpfengast" gerade noch einen Schluck Wein genommen hatte und er nun endlich im Begriff war, sich mit dem Fischbesteck in den Händen über den Karpfen herzumachen. Sie erkannte ihre letzte Chance und noch bevor irgendjemand „Äh" oder sonst etwas hätte sagen können, flog sie zu ihrem Gast, zog ihm den Teller mit dem noch unversehrten, blauen Karpfen mit einem kurzen: „Tschulligung!" schnell weg, bevor er hinein stechen konnte und brachte diesen in die Küche zurück, um ihn mit dem anderen von der Anneliese auszutauschen.

Dann nahm sie den gebackenen Fisch und brachte ihn zu ihrem Gast an Tisch 4, der nun so verdutzt dreinschaute, als wäre ihm jetzt ein bisschen schwindelig.
Sie erläuterte ihm kurz ihren Fehler und wünschte abermals einen recht guten Appetit.
Zufrieden mit ihrer Handlungsweise, die letzten Endes dazu geführt hatte, dass doch noch alle zu ihrem Recht kamen, spazierte sie gemütlich zurück in die Küche, wo sich mittlerweile die Anneliese und die Köche vor Lachen krümmten.

Hier bedurfte es keiner weiteren Erklärung mehr.

Geburtstagsfeier (2003)

Die geladene Verwandtschaft und Bekanntschaft war
vollzählig mitsamt Kind und Kegel angetreten, um den
Feierlichkeiten zum 40sten Geburtstag des Mannes
beiwohnen zu können. Es wurde Büffet der Marke
„Eigenbau" kalt/warm geschlemmt, Kaffee und Kuchen
verkostet, geraucht und getrunken, gesungen, gelacht
und gequasselt.
Nur tanzen konnte man nicht, denn die doch sehr
begrenzten Räumlichkeiten ließen eine derartige
Bewegungsfreiheit nicht zu. Es war eher so, dass nicht
einmal jeder einen Sitzplatz ergattern konnte. Doch
brauchte es das auch nicht, denn die jüngsten Gäste
zogen es natürlich vor, umherzutollen oder eben, wie es
der damals 4jährige Manuel gemacht hat, sich *halberts*
zwischen Kühlschrank und Esstisch auf den Boden zu
legen, um mit einem Modellauto des Geburtstagskindes
zu spielen.

Derweil werkelte die Dame des Hauses an ihrer
Küchenzeile herum, und als ihr ein weiterer Bestandteil
zum Büffet gelungen war, wollte sie diesen auf den Tisch
stellen. Das konnte sie jedoch nicht so ohne Weiteres,
denn Manuel lag mitten im Weg.
Kurzerhand und auch kurzrockig sagte sie zu ihm:
„Manuel, Du guckst jetzt nicht hoch, gell?!" Über
Manuel hinweg machte sie einen Ausfallschritt auf den
Tisch zu, um abzuladen und was machte der Knirps unter
ihrer halben Grätsche?

Was für eine Frage!
Natürlich genau das, was Kinder reflexartig tun, gerade
dann, wenn man es ihnen soeben untersagt hatte …

Nun ja, der kleine Manuel ist damals nicht blind
geworden und trug auch sonst keine bekannt
gewordenen, sichtbaren Schäden davon, doch der gute
Hans-Werner, von dem man immer den Eindruck hatte,
dass er von nix was eine Ahnung hätte – der hatte sich
an seinem Bierchen verschluckt und wäre beinahe daran
erstickt.

Der Fluchtversuch ...

Den großen Frühstückwagen vor sich herschiebend, betrat die Krankenschwester zeitgleich mit dem ersten Sonnenstrahl, der durch die riesigen Sprossenfenster fiel, den Schlafsaal der Kinder.
Ein Bettchen stach ihr sofort ins Auge und lähmende Angst stieg in ihr auf.
Angstschweiß trat auf ihre Stirn, denn das kleine Bettchen - war leer!
Wo war die Kleine? Wie konnte es sein, dass sie verschwunden war? Was war geschehen...?

Sie war gerade mal 3 Jahre alt, als ihr die Mandeln entfernt werden sollten. Die Eltern brachten sie in die knapp 30 km von ihrer Heimatstadt entfernte Kinderklinik nach Würzburg. Zunächst nahm sie die Verabschiedung von Mutter und Vater nicht sonderlich ernst, denn die ungewohnte Umgebung mit den merkwürdig gekleideten jungen Frauen, den Männern in weißen Kitteln, vor allem aber die vielen fremden Kinder, lenkten sie ab und ließen keine schlechten Gedanken aufkommen. Und so schlief sie schließlich ganz friedlich in dem ihr zugewiesenen Bettchen ein, das zusammen mit ganz vielen anderen in einem riesigen Raum stand.

Bis zum nächsten Morgen war für sie die Welt in Ordnung, doch nun sollte es schlimm für sie werden. Lauter fremde Menschen wirbelten um sie herum und brachten allen Kindern ihr Frühstück.

Nur sie saß da und bekam nichts. Stattdessen nahmen sie sie mit in einen anderen Raum, in dem sie nun mit den erwachsenen Leuten alleine war.

Sie legten sie auf einen komischen Stuhl, der mitten im Raum stand, hielten ihren Kopf und setzten ihr eine Maske, die aussah wie ein großes Teesieb aus Metall, auf ihr kleines Gesichtchen.

Sie wehrte sich, denn aus der Maske roch es äußerst unangenehm, doch gegen die Erwachsenen hatte sie keine Chance. Plötzlich wurde es ihr ganz schwarz vor Augen und schon im nächsten Moment hatte sie ihr Bewusstsein verloren …

Als sie wieder zu sich kam, lag sie in ihrem Bettchen. Sie schlug ihre Augen auf, doch sie wusste momentan nicht, wo sie sich befand. Nur dass die anderen Kinder auch noch hier waren, das beruhigte sie zunächst etwas. Dann kam eine von den Schwestern und wollte Fieber messen.

"Alles im grünen Bereich!", stellte diese fest.

Sie sollte nun etwas zu essen bekommen. Leider war es genau das, was ihr überhaupt nicht schmeckte. Etwas, von dem ihr sogar regelmäßig übel wurde.

Heißer SCHOKOLADENPUDDING!

Die Kleine verzog ihr Gesicht und presste die Lippen ganz fest zusammen, aber die Schwester war hartnäckig und es gelang ihr doch noch, ihr ein Löffelchen von diesem widerlichen Zeug in den Mund zu schieben.

Es kam, wie es kommen musste; der empfindliche, kleine Magen und die Speiseröhre verkrampften sich

und reflexartig spie sie diese Unverträglichkeit wieder
aus. Quer über die Bettdecke.
Die Schwester hatte nun auch einen Reflex - sie gab dem
kleinen Mädchen doch tatsächlich eine Backpfeife. Nun
war es ganz aus. Die Kleine drehte sich um und weinte
vor Wut. Vor allem aber auch wegen Ihrer großen
Sehnsucht nach Daheim.

Gleichzeitig jedoch reifte in ihr ein Plan. Ein Fluchtplan.
Noch heute Nacht, sobald alles dunkel sei und alle
Kinder schliefen, dann würde sie diese ungastliche Stätte
verlassen und nach Hause gehen ...

Zufrieden mit sich und ihrer Idee, wartete sie geduldig,
bis alle Lichter erloschen waren. Die klappernden
Geräusche, die durch die Zimmertür drangen
verstummten langsam und das gleichmäßige Atmen der
schlafenden Kinder verrieten ihr, dass es nun günstig
wäre.

Sie schlug ihre Bettdecke zurück, hangelte sich vorsichtig
aus ihrem Bettchen, schlüpfte in ihre Pantoffeln und
schlich leise zur Zimmertür, unter deren Schlitz am
Boden und durch das Schlüsselloch das Flurlicht drang,
das ihr den Weg zeigte.
Vorsichtig suchte sie den Türgriff und ganz langsam zog
sie diesen herunter.
Doch was war jetzt? Die Tür. Sie war zu! Abgesperrt!!!
Verzweifelt rüttelte sie daran und zog und schob, doch
es gelang ihr nicht, sie zu öffnen.

Schnell sah sie ein, dass es keinen Sinn machen würde, weiter zu randalieren. Sie dachte sich, naja, morgen ist auch noch ein Tag und beschloss wieder zurück in ihr Bett zu gehen.
Leider konnte sie sich nicht mehr erinnern, wo ihr Bettchen stand und sehen konnte sie auch nichts.

Vorsichtig tapste sie in der Dunkelheit vorwärts und suchte und tastete, doch es gelang ihr einfach nicht, ihr Lager aufzufinden. Kurz bevor sie vom Schlaf übermannt wurde, glaubte sie, es endlich entdeckt zu haben. Mit letzter Anstrengung zog sie sich in das hohe Gestell und schlief sogleich vor Erschöpfung ein.

Die Überraschung am nächsten Morgen war groß, als die Krankenschwester sie friedlich schlummernd mit einem anderen Kind in dessen Bettchen fand ...

Rauchen im Dirndl-Kleid
oder: Warum ein Dirndl nicht nur Vorteile birgt (1984)

Das Dirndl!
Ein Kleidungsstück, mit dem „Frau" immer angezogen
wirkt. Egal, ob bei der Arbeit, bei einer Hochzeits-
Abschieds- oder sonstigen Feier, im Empfangsbereich,
auf Messen und dank des „Wies'n-Hypes" auf dem
Oktoberfest sogar weltweit Anerkennung und reißenden
Absatz findet.

Abgesehen davon, dass ein Dirndl nicht nur den
Männern die Köpfe verdreht und Frauen Unsummen in
immer wieder neue Kreationen aus der Trachten- und
Landhausmodewelt investieren, spricht auch dafür, dass
es einfach jeder Figur zu schmeicheln scheint.
Dünne und flachbrüstige Frauen, die sich auch
unterwäschetechnisch richtig beraten ließen, erwecken
plötzlich den Anschein, dass sie doch mehr als Körbchen
Größe A zu besitzen scheinen. Und beleibte, zuweilen
viel zu übergewichtige Frauen, teilen der Welt optisch
mit: "Schaut her, ich habe doch eine Taille!"
Von dem Anblick Ihres Dekolletés, wird der Männerwelt
sowieso grundsätzlich schwindelig und ich wage zu
behaupten, dass sich der Ausdruck blind vor Liebe, auf
ein solches Bild stützen muss.

Ein weiterer Vorteil ist, dass es dieses Kleidungsstück in
diversen Längen zu erwerben gibt. Das heißt, dass die
Frauen, die schöne und wohlgeformte Beine haben,

auch ein kurzes Dirndl anziehen können und die anderen mit einem langen Dirndl bestens gekleidet sind.

Einen Nachteil jedoch gibt es, der zunächst auch als Vorteil gewertet werden kann, sofern man am Körper ein Versteck sucht, um beispielsweise seinen Hausschlüssel oder eine Visitenkarte, etwas Bargeld oder andere Kleinigkeiten unterzubringen. Das ist der tiefe Ausschnitt mit eingebautem „Fallstopp", welcher sich als eng geschnürtes Mieder oder spätestens auf Höhe der Körperhälfte, als sauber geschleifte Dirndlschürze darstellt. Superpraktisch ist das und wer es darauf anlegt, kommt mit dezent eingesetzten aber reizbaren Gesten, auch noch ungemein erotisch anmutend daher.

Doch hier muss ich den Zauber brechen und warnen, worauf selbst die EU noch nicht gekommen ist.
Das Rauchen in einem Dirndlkleid.
Eine kleine Geschichte: Wir schreiben das Jahr 1984 und das Rauchen war damals, von den Nichtraucherstübchen einmal abgesehen, noch überall erlaubt. Selbst in den Aufenthaltsräumen von Krankenhäusern war es üblich, dass geraucht wurde. Jeder durfte qualmen, wo auch immer er sich aufhielt. Alle Nasen waren so daran gewöhnt, dass der Nikotingestank im Prinzip auch gar nicht weiter auffiel. So war es auch an meinem damaligen Arbeitsplatz. Ein Lokal, in dem es erwünscht war, dass die *Dirndln*, also wir Mädels, im Dirndlkleid arbeiteten, und in dem es ganz normal war, dass auch das Personal während der Arbeit rauchte. Allerdings nur,

sofern es dies tun wollte, denn Rauchzwang bestand natürlich nicht!

Eine Kollegin qualmte bei fast jeder Gelegenheit.

Beim Autofahren, beim Spazierengehen, vor und nach dem Essen und eben auch während der Arbeit. Egal zu welcher Uhrzeit, von in der Früh bis spät nachts.

Nicht nur, dass alleine das schon enorm viel Geld kosten musste, mir fiel außerdem auf, dass die Kippen, die sie bei der Registrierung der Bestellungen anzündete, größtenteils im Aschenbecher von alleine abbrannten, ohne dass sie dazu kam, einen weiteren Zug zu inhalieren. In der Regel zündete sie sich eine Zigarette an, nahm ein, zwei oder auch mal drei Züge, legte sie dann in den Aschenbecher und ging zurück in den Gastraum.

Bei ihrer Rückkehr war dann die Kippe abgebrannt und erloschen, weshalb sie sich eine neue anzündete.

Und so weiter und so fort. Bis zu jenem Tag!

Sie war nur ganz kurz um die Ecke gegangen, um schnell eine neue Bestellung aufzunehmen und als sie zur Registrierkasse zurückkam, erkannte sie, dass eben gerade noch so viel Tabak an ihrer Zigarette war, dass sich ein weiterer Zug allemal zu lohnen schien. Sie verlor keine weitere Zeit und nutzte die Gelegenheit.

Leider schien ihr der Umgang mit einem kurzen Zigarettenstummel einige Probleme zu bereiten, denn als sie die Kippe zwischen ihren Fingern und auf Höhe ihres Mundes hatte, fiel sie herunter und - prompt in ihren Ausschnitt ...

So, was macht man da jetzt, wenn eine brennend heiße Kippe im Ausschnitt liegt, ein Ausdrücken unmöglich ist, weil dies ja einer Foltermethode gleichkäme und keine Flüssigkeit zum Löschen greifbar ist, was im Übrigen auch noch ziemlich kontraproduktiv bezüglich ihrer weiteren optischen Präsenz im Gastraum wäre?

Mh! Es gäbe noch die Möglichkeit das Dirndlkleid aufzuknöpfen oder den Reißverschluss zu öffnen oder einfach den Ausschnitt vom Körper etwas wegzuziehen, damit man hineinlangen könnte. Doch hier bestünde die Gefahr, dass die Kippe unweigerlich am Körper weiter nach unten rutscht und somit noch mehr Verbrennungen auslösen könnte.
Spätestens bei diesen Gedanken sollte nun jedem auch ohne Nikotin schwindelig geworden sein.
Oder nicht?

Die liebe Kollegin von damals entschied sich dafür, beherzt hinein zu greifen um den Zigarettenstummel zu entfernen. Sie dachte sich wohl, dass dieser niemals weiter, als bis zur Gürtellinie kommen würde, was aber immer noch schlimm genug wäre. Tatsächlich ging das auch relativ schnell, doch Verbrennungen hatte sie trotzdem erlitten und ich denke, dass sie seitdem auch etwas gelernt hat:
"Ziehe niemals an zu kurzen Zigaretten!"

Der Rotschopf (Herbst 1991)

Es war einmal ein Pärchen, das schlief eigentlich immer gerne bis in den späten Vormittag hinein. Als es einmal auf Besuch bei den Eltern der Frau war, musste es feststellen, dass in dem für ihn vorgesehen Zimmer ein dritter Gast einquartiert war. Die halbjährige Nichte sollte im zugestellten Bettchen schlafen.
Die zwei, damals Frischverliebten, sahen sich schon mit rot geränderten Augen am Frühstückstisch sitzen, doch die Mutter der Kleinen tröstete sie und sagte: "Ach, die werdet Ihr gar nicht merken. Die stört nicht weiter."
Die Schultern zuckend ergaben sie sich ihrem Schicksal, und als sie spätnachts von ihrem Ausgang heimkamen, verhielten sie sich entsprechend leise, um das Kind nicht zu wecken. Dieses schlief tief und fest und *schnorchelte* nur ein wenig vor sich hin. Es gab keine Störungen und so konnten alle zu einem friedlichen Schlaf finden.
Bis zum Morgen!

Die ungewohnte Umgebung und die gegebenen Umstände ließ das junge Pärchen nicht länger in Ruhe.
Sie sahen durch die halb heruntergelassene Jalousie, dass es draußen längst hell war.
Doch das Kind rührte sich nicht.
Sie lauschten und schauten von ihrem Bett aus hin zu dem kleinen Knäuel mit rotem Schopf.
Keine Regung, kein Heben und Senken der Bettdecke war zu erkennen.
Nichts!

Die junge Frau meinte: "Du, sag mal, lebt die noch?
Draußen ist es längst hell. Das ist doch nicht normal!"
Er zuckte mit den Schultern und hob seinen Kopf noch
weiter, damit er mehr Überblick hätte, doch konnte
auch er kein Lebenszeichen des Kindes ausmachen.
"Ich glaube, die atmet nicht mal ..."

So lagen sie eine ganze Weile - geschockt, fasziniert,
ängstlich, gespannt.
Was wohl passieren wird? Kommt denn nicht mal
jemand, der sich um das Kind sorgen sollte?
Sie lauschten auch auf die Geräusche, die vom Flur her
kamen. Türen wurden hörbar aber nicht störend
geöffnet und geschlossen, Telefonklingeln war zu
vernehmen. Stimmen zu hören, Motorengeräusche von
Autos, die wegfuhren oder kamen...

Doch im Zimmer herrschte absolute Ruhe - und zugleich
Spannung!

Irgendwann wurde es der jungen Frau zu bunt. Sie
meinte nun handeln zu müssen und gerade als sie ihre
Bettdecke zurückschlug, hob der kleine Rotschopf seinen
Rotkopf, schaute die beiden perplexen Gestalten an und
grinste breit: "Gnihihihi ..."

Die Semmelpreiserhöhungsdepression
und ihre ganz einfache Lösung (2010)

Neulich - der Wecker klingelte und obwohl sie sehr gut geschlafen und auch geträumt hatte, fühlte sie sich nicht ausgeschlafen. Sie drückte die Taste, die den Wecker zwar für kurze Zeit verstummen ließ, doch nach 5 Minuten meldete er erneut: "AUFSTEHEN!"
Also verließ sie widerwillig ihre warme *Kuschelheia* und machte sich im Badezimmer salonfähig. Der Himmel draußen war noch immer wolkenverhangen und trist. Die Luft war klamm und entsprechend ungemütlich ihr Befinden.

Sie begann mit ihrem Tagwerk als das Telefon auch schon läutete. In der Leitung jammerte ihr eine ehemaligen Kollegin vor, dass es an ihrem Hauptarbeitsplatz Veränderungen gab und sie ab sofort eine 6-Tagewoche bei gleicher Bezahlung hätte, sie somit ihren Nebenjob nicht mehr ausführen könne und damit in Zukunft zwar weniger Geld zur Verfügung hätte, was aber im Prinzip nicht so schlimm wäre, denn gleichzeitig verringerte sich ja auch die (Frei)Zeit, in der sie das Mehrgeld hätte ausgeben können.
Der Tatsache wieder einmal bewusst geworden, dass sich diejenigen, die einer festen Arbeit nachgehen, ausgenutzt werden und sich krumm und bucklig rackern müssen, ließ ihren Adrenalinpegel bereits bedrohlich ansteigen.
Eine kleine Linderung erfuhr sie im Radio. Dort wurde in den Lokalnachrichten verkündet, dass der vergangene

Sommer für eine Ernte von Kartoffeln zwar zu trocken, jedoch für das Getreide zu nass gewesen sei!
Die dennoch gute Info daran: die Bäckerinnung gab Entwarnung. Diese hätte vorgesorgt, sodass der Brot- und Semmelpreis voraussichtlich stabil bleiben würde.

Später kam sie dann mit ihrem Gatten beim Bäcker vorbei, bei dem sie immer ihre Semmeln für die Brotzeit kauften. Wie meistens, verlangte sie drei Semmeln und der stets freundliche Verkäufer packte schon mal ein. Währenddessen informierte er sie darüber, dass die Semmeln seit diesem Tag 3 Cent mehr kosten würden und somit der Verkaufspreis bei 33 Cent lag.
FAST 65 PFENNIGE FÜR EINE EINZIGE LAUSIGE SEMMEL!!!
Sie fiel aus allen Wolken. Nicht gerade deshalb, weil der Semmelpreis so deutlich angezogen hatte (schließlich rechneten sie schon seit einiger Zeit mit einer Preiserhöhung, da man ja permanent davor gewarnt wurde, und deshalb hatten sie auch immer etwas mehr Geld in Reserve dabei, falls es dann soweit wäre), sondern eigentlich nur, weil sie doch einige Stunden zuvor im Radio genau DAS GEGENTEIL vernommen hatte. Wie konnte das sein?
Äußerst erstaunt schaute sie ihn an und fragte, ob das sein Ernst sei?
Dieser bestätigte mit einem Schultern zuckendem Bedauern.

Irgendwie war sie von diesem Moment an vollkommen desillusioniert und völlig am Boden zerstört von all den

Nachrichten und Missständen, die ihr tagtäglich entgegenschlugen.

Wie sagte ihr Mann immer?

"Heute ist es immer noch besser als morgen!"

Und da ist was dran, denn auch der nächste Tag sollte nicht viel besser werden.

Es war Samstag 19.45 Uhr, als sie sich auf dem Nachhauseweg befanden und nur noch schnell einen Lebensmittelmarkt aufsuchten, der bis 20 Uhr geöffnet hatte. Einzig und alleine Bananen hätten sie noch gebraucht. Es waren aber keine Bananen mehr zu sehen. Keine einzige.

Sie fragte nach, ob sie denn zufällig noch (...)?

Mit einem kopfschüttelnden Blick auf die Armbanduhr wurde ihr klargemacht, dass wenn VORNE keine Bananen mehr lägen, auch HINTEN keine weiteren vorrätig sein würden.

Es war ja schließlich Samstagabend um dreiviertel Achte!!!

Hätte aber doch sein können, oder?

Also, dann halt keine Bananen. Stattdessen nahm sie von einem Regal eine Packung Nudeln mit, die sie jetzt zwar eigentlich nicht unbedingt brauchen würden, diese aber mit 77 Cent pro Packung im Angebot waren und sie somit nicht widerstehen konnte. Wenn man doch schon mal hier war.

Der Mann stand am Backshop und wurde von den Krapfen verführt, die dank des herrlichen Puderzuckers, frisch aussahen.

"Möchtest du auch einen?", fragte er und sie, die kein Problem damit hat, sich jederzeit als totaler *Krapfenjunkie* zu outen, antwortete natürlich wie aus der Pistole geschossen: "Oh ja, gerne."

Währenddessen inspizierte sie die Tiefkühltruhe und suchte nach Königsberger Klopsen. Mit einer Extraportion Kapern und je einem Schuss Weißwein und Rahm würde es ein recht schmackhaftes Gericht ergeben, wenn es mal wieder schnell gehen sollte. Ah, da waren sie ja schon. Sie schob den Glasdeckel der Truhe zur Seite und griff nach einer Packung. Diese wanderte zusammen mit zwei Lachsfilets, ebenfalls aus der Tiefkühltruhe, in ihrem Einkaufswagen.

Warum einen Einkaufswagen, wenn nur Bananen geholt werden sollten? Na, weil man IMMER mehr mitnimmt, als auf die Arme passt! -

Eine TV-Zeitung nahm sie auch noch mit, weil sie sich gerade anbot. Allerdings lag das gewünschte Exemplar in der untersten Reihe und wie sie sich grad so nach unten beugte, stieß sie mit der Stirnmitte an einen Stapel anderer Illustrierten, die darüber lagen. Man mag gar nicht glauben, wie viel Schmerz ein Stück Papier bereiten kann ...

Während sie ihre Stirn massierte, runzelte derweil ihr Göttergatte die seinige, als sein Blick auf das Preisetikett mit den Krapfen fiel: 1,70 EUR - für zwei Krapfen - also einer 85 Cent oder, um in Hinblick auf die gute alte Zeit, wieder in die alte, aber heiß geliebte Währung umzurechnen: beinahe 3,40 DM für zwei Krapfen! Bei ihrem letzten Einkauf hieß es doch noch, dass die Backwaren ab 19.30 Uhr nur noch die Hälfte kosten würden, damit sie noch verkauft werden könnten …

Nun, sie sagten jetzt halt einmal nichts und zuckten nur mit den Schultern. Ist jetzt halt so. Schließlich wollten sie nicht allzu knickert (kleinkariert) daher kommen. Hatten sie doch schon den Fehler begangen, nach Bananen zu fragen …

So zumindest dachte sie auch noch, als sie dann ewig an der einzigen offenen Kasse warten mussten, weil ca. 6 - 8 Jugendliche mit jeweils einem Getränk und einem Schokoriegel vor ihnen an der Reihe waren und jeder einzelne mit der EC-Karte bezahlen wollte, das Procedere hierzu jedoch ein bis zwei Mal pro Karte wiederholt werden musste, weil das Lesegerät die Karten zunächst nicht akzeptieren konnte. Es machte ihr rein gar nichts aus. SIE hatte ja Zeit. Eventuell lag diese Gleichgültigkeit aber auch an dem "Kopfschuss", den sie kurz zuvor am Zeitungsstand erlitten hatte.

Sie bezahlten Ihre Einkäufe und waren dann doch froh, endlich wieder an die frische Luft zu kommen. Es war bereits dunkel, als sie ihre Sachen in den Kofferraum luden und nun trollten sie sich endgültig nach Hause. Dort angekommen brach ihr jedoch der Schlüssel vom Briefkasten ab, den sie nochmals kontrollieren wollte

und die Spitze blieb selbstverständlich im Schloss
stecken.
(Ja-ha, es hätte auch schlimmer kommen können, wenn
zum Beispiel der Haustürschlüssel abgebrochen wäre.
Aber muss man denn wirklich ALLES im Leben haben?
Und überhaupt, die Geschichte ist noch nicht zu Ende!)

Sie ließ die Tüte mit den Krapfen im Büro, schaltete dort
die Kaffeemaschine ein und ging nach oben, um den
Rest der Einkäufe aufzuräumen. Als erstes öffnete sie
das Gefrierfach, um die Lachsschnitten und die
Königsberger Klopse in Sicherheit zu bringen.
Der Lachs war da, aber - keine Klopse! Stattdessen hielt
sie eine Packung Hühnerfrikassee in ihren Händen. Sie
war völlig von den Socken. Wie konnte DAS sein? Sie
hatte der Gefriertruhe doch Klopse entnommen! Oder?

Genau dasselbe war ihr schon einmal passiert und diese
Packung hatte sie immer noch! Sie fürchtete langsam
aber sicher an ihrem Geisteszustand zu zweifeln.
Von nun an war sie also stolze Besitzerin von zwei
Packungen mit tiefgekühltem Hühnerfrikassee, das sie
gefälligst alleine essen müsste, weil es ihr Mann nicht
mochte. ER wollte ja die Klopse haben.

Sie räumte noch die Joghurts, die Nudeln und die
Zeitung an ihre Plätze und ging dann wieder nach unten,
um endlich ihren Krapfen und den dazugehörigen Kaffee
genießen zu können.
Mit einem solchen Zweigespann könnte man sie immer
wieder versöhnen.

Doch als sie das Büro betrat, schaute er sie mit einem Blick an, der nicht Gutes verhieß. Es war eine Mischung, zwischen Mitleid, Grauen und Häme. So warnte er sie schon mal vor und berichtete, dass die Krapfen wohl nicht die frischesten seien.

„Och komm. Das jetzt nicht auch noch!", stieß sie aus und mit Zeigefinger und Daumen überprüfte sie ihren Krapfen auf die Echtheit der seiner Aussage.

Der Krapfen gab keinen Millimeter nach.

Um genau zu sein, einen solch alten Krapfen hatte sie in ihrem ganzen bisherigen Leben noch niemals (!) in den Händen gehalten. Und dafür musste sie auch noch bezahlen! Eine Mark* und siebzig!!!

Der Laden hatte nun geschlossen und sie konnte nicht mehr reklamieren. Sie mochte auch nicht mehr reklamieren. Es hing ihr inzwischen zum Hals heraus, ständig den Leuten sagen zu müssen, wie diese ihren Job zu machen haben.

Sie biss hinein. Es staubte. Sie schnaubte. Vor Wut. Aber auch um Luft zu kriegen und nicht um am Puderzucker ersticken zu müssen.

Ihr Mann war sehr tapfer. Er hatte seinen, trotz allem, aufgegessen. Respekt! Er meinte nur, dass die Krapfen mindestens von Dienstag sein müssten (zur Erinnerung: es war gerade Samstag ca. 20.30 Uhr), so trocken wie seiner war und - es wäre nur sehr, sehr wenig Marmelade darin gewesen.

Mh! Letzteres wiederum konnte sie nicht behaupten.
Sicher, SEHR trocken war ihrer auch, dafür gab es aber
zwei Stellen mit zwei verschiedenen Marmeladen!
Ein Wunder, dass dieser noch nicht zu schimmeln
begonnen hatte. Vermutlich war es dem Schimmel zu
trocken gewesen.

Was für ein Reinfall.

Zum Schluss trug sie noch die Summe des Einkaufs in ihr
Haushaltsbuch ein, welches sie jedem empfiehlt, der
zumindest ein bisschen Kontrolle über seine Finanzen
haben möchte, und nun kam der Abschuss:
Die sich vermeintlich im Angebot befindlichen Nudeln,
welche 77 Cent kosten sollten, schlugen mit 1,49 EUR zu
Buche!

Jaja, … es gibt noch Schlimmeres im Leben, als diese
klitzekleinen Nichtigkeiten. Aber - lassen Sie sich mal
den ganzen Tag immer und immer wieder von ganz
vielen, klitzekleinen Nadeln piksen!
Sie werden feststellen, dass auch das kein Vergnügen ist
und einen in den Wahnsinn treiben kann.

Doch genauso schnell, wie sie außer Fassung gerät, kann
sie sich an wiederum noch so klitzekleinen Dingen
dermaßen erfreuen, dass sie alles vorangegangene
Schlechte sofort vergisst oder verdrängt.
Und nur diese eine Freude zählt.

In diesem Fall war es so, dass sie in einem Seitenfach ihrer Handtasche nach einem Bonbon suchte, um ihren trockenen Mund zu besänftigen.
Dabei fand sie ein kleines Schiffchen, das ihr die kleine, süße Nichte aus eben einem Bonbonpapierchen gefaltet hatte, als diese sie mit ihrer Familie 4 Wochen zuvor besucht hatte. Sie waren beim Griechen zum Essen gewesen (es schmeckte übrigens alles sehr gut!), und weil es so liebevoll gestaltet war, steckte sie das Geschenk damals in ihre Handtasche. Nur damit es ihr nun, an diesem merkwürdigen Tag in die Hände fallen und sie vor einer ernst zu nehmenden Depression bewahren konnte.

Sofort stiegen ihr Tränen in die Augen.
Doch diesmal waren es Tränen der Freude und der Rührung …
Und alle Depressionen waren wie weggeblasen.

(Anmerkung: Für alle, die es nicht (mehr) wissen: Deutsche Mark und Pfennig war die Währungseinheit in Deutschland, bis der Euro und der Cent kamen. Zwischenzeitlich wurde der Semmelpreis erneut und mehrfach angehoben. Letzter Stand 2014 – 1 Semmel / 38 Cent.)

Murphys Gesetz
Ein Tröstungsversuch für alle „Schicksalsgebeutelten"

Es ist schon seltsam, wie oft Murphys Law an nur einem einzigen Tag zuschlagen und einem auf Dauer den letzten Nerv rauben kann. Sei es im Straßenverkehr, dass man immer wenn man es eilig hat, die *Quoten-schnarchnase* mit 35 Sachen VOR sich, und bei gewollter Zeitverzögerung der schönen Gegend wegen, den erheblich öfter anzutreffenden Drängler HINTER sich hat.

Beim Einkaufen sich immer in der falschen Warteschlange anstellt, die zwar vermeintlich als die kürzere erscheint, sich dann aber Komplikationen ergeben, die ein zügiges Weiterkommen verhindern.

Die Sonne immer dann scheint, wenn unsere Arbeitswoche beginnt und der Regen zum Wochenende einsetzt. Letzteres mit der Begründung:

„Weil es die Natur braucht!"

Unsere Lottozahlen genau dann gezogen werden, wenn wir einmal, nur ein einziges Mal unseren Glückszahlenschein nicht abgeben konnten, weil Murphy mit der einen oder anderen Keule schon vorher bereits zugeschlagen hatte.

Die Urlaubsreise, auf die man sich so sehr freute, ausfallen muss, weil es Veränderungen gegeben hat, die unsere Anwesenheit Zuhause dringend erfordert.

Es gibt so viele, ja unzählige Beispiele, die jeder von uns aufzählen könnte, denn diese *Chaostheorie* trifft alle. Den einen öfter, den anderen seltener – oder – der eine macht sich mehr daraus, für einen anderen ist es der *ganz normale Wahnsinn.*

Doch einmal abgesehen davon, dass wir es oftmals selbst in der Hand haben, diesem Murphy ein Schnippchen zu schlagen, beispielsweise indem wir uns an die Kasse begeben, wenn gerade Platz ist oder wir einfach noch in Ruhe nachschauen, welche Angebote es so gibt, bis sich die Warteschlangen aufgelöst haben. Oder bei Zeiten aufbrechen, so dass wir es gar nicht eilig haben müssen und uns somit der *Schlurchi* vor uns gar nicht aufhalten kann; Einen Dauerlottoschein spielen, damit uns ein solch undenkbar grausiges Schicksal wie zuvor geschildert niemals ereilt, besteht auch die Möglichkeit das Ganze von einer völlig anderen Seite zu sehen. Einer Seite, die uns gar nicht bewusst ist, weil sie im Dunkel des Nichtwissens verborgen bleibt und somit unter der Rubrik: „Was wäre wenn ...?" einzuordnen ist.

Vielleicht ist die Schnarchnase vor uns der Puffer, der uns davor bewahrt in einen Unfall verwickelt zu werden, der unser Leben komplett (womöglich ins Negative) umgekrempelt hätte? Der Drängler hinter uns dafür sorgt, dass wir rechts ran fahren, um ihn vorbeizulassen und bei dieser Gelegenheit eine umwerfende Aussicht entdecken oder just in diesem Moment das Handy klingelt und wir sowieso anhalten müssten (!)?
Uns während des Wartens in der Schlange einfällt, dass wir noch etwas Wichtiges vergessen haben und es nun in Ruhe holen können, ohne dass WIR der Auslöser

langen Wartens für Unschuldige werden? Uns der Regen am Wochenende vor einem enormen Sonnenbrand bewahrt, der sich künftig arg belastend auf unsere Gesundheit ausgewirkt hätte?

Der Lottogewinn verheerende Auswirkungen gehabt hätte, weil wir in der großen Freude unseren Job gekündigt, und unseren Chef beleidigt hätten, obwohl die Gewinnsumme nicht einmal für einen Neuwagen reichen würde?

Die vermeintliche Traumreise sich als Horrortrip heraus gestellt hätte, weil es just zu diesem Zeitpunkt ein Erdbeben, eine Überschwemmung, einen riesigen Waldbrand oder eine andere Katastrophe im gewählten Urlaubsdomizil geben würde?

Weit hergeholt? Ich denke nicht.
Auch wenn uns dieser Murphy ungeheuer unsympathisch zu sein scheint – er könnte sich als unser Schutzengel erweisen …

Dunkelblaue Wildlederstiefeletten –
Ein Zusammentreffen der besonderen Art

Wie es zu diesem historischen Zusammenstoß kam,
konnte und kann sich keiner so recht erklären. Weder
damals noch heute. Vielleicht war eine magnetische
Störung schuld daran, oder kreuzte nur eine
unterirdische Wasserader ihre Wege?
Es gab einfach keinen erkennbaren Grund dafür, wie
zum Beispiel Platznot oder ein erhöhtes Verkehrs-
aufkommen, dass sie zusammenprallten.
Es sollte wohl einfach nur so sein.

Es war ein herrlicher, sonniger Tag mitten im Oktober,
der für eine Bergwanderung regelrecht prädestiniert
war. Die junge Frau und ihre Kollegin hatten sich für
ihren freien Tag, zum Wandern verabredet. Es sollte
keine schwere Tour werden, denn sie waren
berufsbedingt ja auch schon viel auf den Beinen, und so
suchten sie sich einen gefälligen, eher leichten
Schwierigkeitsgrad aus: Eine Tour über befestigte
Wanderwege, die zu einer Berg-Alm führten und somit
keine schweren Bergschuhe oder gar eine
Steigausrüstung erforderte.
Die junge Frau entschied sich dafür ihre flachen,
dunkelblauen Wildlederstiefeletten anzuziehen und
verließ bestens gelaunt die Wohnung.
Um zum verabredeten Treffpunkt mit ihrer Kollegin zu
kommen, galt es lediglich eine Straße zu überqueren.
Und genau da passierte es!

Plötzlich und unvermittelt, ganz ohne Grund oder Anlass, stieß sie mit einem jungen Mann zusammen, der ihr hierbei einen staubigen Abdruck seiner Schuhsohlen auf einem ihrer dunkelblauen Wildlederstiefeletten hinterließ. Sie schauten beide zunächst auf ihre Füße und blickten sich dann in die Augen.
Mit nur einer kurzen, gegenseitigen Entschuldigung trennten sie sich auch schon und gingen für diesen Tag ihrer Wege.

Nur wenige Wochen danach begegnete sie ihm wieder. An ihrer Arbeitsstelle, während ihrer Arbeitszeit. Sie verabredeten sich und nur einen Tag später fanden sie zueinander.
Irgendwann, nach einigen Jahren, kamen sie auch wieder auf jenen Tag zu sprechen, an dem sie sich zum ersten Mal „getroffen" hatten. Im Gespräch erinnerte er sich an ihre dunkelblauen Wildlederstiefeletten von damals und sie konnte ihm versichern, dass sie noch immer im Besitz genau dieser sei.

Sowohl der junge Mann, als auch jene, schicksalsträchtigen Stiefeletten von damals, sind noch heute bei ihr.
Letztere sind liebevoll in einem Schuhkarton verwahrt. Seit nunmehr über 27 Jahren ...

Der Fünfzigpfennigroman –
aus einer Zeit, als es noch die Deutsche Mark gab …
(Winter 1972)

Es war kalt, die ersten Schneeflocken des nahenden
Winters fielen vom Himmel und bedeckten die weiten
Fluren mit einem leichten, weißen Schleier. Das kleine
Mädchen zog sich warm an und vergaß auch nicht die
Mütze aufzusetzen, den langen Wollschal um den Hals
zu wickeln und die Fäustlinge über die Hände zu ziehen.
Die Mutter rief ihm nach: "Vergiss nicht, nach Hause zu
kommen, bevor es dunkel wird!"
Das Mädchen nickte artig und machte sich auf den
langen Weg zu seiner Patentante, die es besuchen
wollte. Um etwas Zeit zu sparen beschloss es für sich,
eine Abkürzung zu nehmen, bei der es einen Weg durch
den Wald und zwischen Feldern gehen musste, wo keine
Autos fahren könnten, aber auch sonst kaum jemand zu
Fuß unterwegs sein würde.
Schon nach einer halben Stunde traf es bei seiner Tante
ein. Diese freute sich sehr darüber, dass sie von dem
Mädchen besucht wurde und als der Abschied nahte,
schenkte sie ihm zum Dank, noch schnell ein
Fünfzigpfennigstück. Brav bedankte sich das Mädchen
für dieses unerwartete Geschenk und um keine weitere
Zeit mehr zu verlieren, steckte es die Münze in seinen
linken Handschuh.
Das kleine Mädchen war spät dran, denn die
Dämmerung brach schon langsam aber unaufhaltsam
herein und damit es rechtzeitig nach Hause kam, nahm
es wieder die Abkürzung, durch die es gekommen war.

Nicht nur das Mädchen ging nun so schnell wie es nur konnte, nein, auch seine Nase fing an zu laufen und als es die einzige Sitzbank entdeckte, die ihm auf seinem Weg unterkommen sollte, machte das Mädchen einen kurzen Halt und legte die Handschuhe auf dieser ab, damit es sich die Nase schnäuzen konnte.
Sogleich staubte es seine Handschuhe gegeneinander aus, um diese vom bereits vorhandenen Schnee zu befreien und zog sie wieder an.

Pünktlich erreichte das kleine Mädchen sein Elternhaus und als es sich seiner vielen Kleidungsstücke entledigte, fiel ihm auf, dass es das Fünfzigpfennigstück verloren hatte. Jetzt war das kleine Mädchen traurig, aber es sah auch ein, dass es nun, da schon so viel Schnee gefallen war, keinen Sinn machen würde, danach zu suchen.

Der Winter dauerte recht lange, doch irgendwann nahm auch dieser ein Ende und als die Natur zu neuem Leben erwachte und es überall grünte und blühte, ging das Mädchen wieder einmal jenen Weg von damals entlang. Als es an der Bank vorbei kam, fiel ihm wieder ein, dass es hier an dieser Stelle gewesen sein musste, wo es das Geld verloren hatte.
Es zögerte nur kurz und just in dem Moment, als ihm klar wurde, dass ein kurzer Blick keinesfalls schaden könnte, wurde es sogleich belohnt.
Denn tatsächlich lag im nassen Kies unter den Sitzplanken das verlorene Geldstück, welches dem kleinen Mädchen neckisch zublitzte.

Voller Freude ob dieses Fundes, nahm es das Geld an
sich und hüpfte vergnügt zu seiner Tante, um ihr diese
Geschichte zu erzählen. Es kam dem Mädchen grad so
vor, als wäre es ein weiteres Mal beschenkt worden.

Fido (Winter 1975)

Vor vielen Jahren, um genau zu sein im Dezember 1975,
fand ein Weihnachtsmarkt im kleinen Park statt.
Direkt vor dem Haus, in dem der kleine Sebastian mit
seiner Mutter wohnte. Schneeflocken wirbelten sachte
vom Himmel und der Duft von Zuckerwatte, heißer
Maroni und mit Rum verfeinertem Glühwein waberte
durch die Verkaufsstände. Asche und glühende Funken
stoben vom Würstel-Grill hinauf in die Luft.
Lebkuchenherzen und Zuckerstangen hingen an bunten
Bändern. Der Duft schokolierter Früchte verführte die
Sinne, und die Augen der Kinder glänzten in den
Weihnachtskugeln, die zum Verkauf angeboten wurden.
Die Erwachsenen ließen ihren Kopf zwischen ihren
Schultern versinken, stellten ihre Mantelkrägen hoch
und ihr Atem entfloh sichtbar in die Kälte. Ein kleines
Karussell fuhr seine Runden und die nostalgische
Drehorgel, auf der ein Äffchen turnte, ließ
weihnachtliche Melodien erklingen.

Da läutete endlich der Postbote an der Haustür.
Der kleine Sebastian sprang in freudiger Erwartung ob
seines zu erwartenden Geschenkes, mit seinem
glasierten Apfel, den er zuvor auf dem Weihnachtsmarkt
erstanden hatte, die Holzstufen der Treppe hinunter.
Er entriss förmlich dem Überbringer, das überraschend
kleine Paket, wobei ihm der glasierte Apfel aus den
Händen fiel. Doch das war ihm jetzt völlig gleichgültig.
Soll doch egal wer oder was, sein Vergnügen mit dem
klebrigen Zeug haben. Jetzt, da sein neuer Mitbewohner
angekommen war, gab es nichts, was ihn noch ablenken
konnte.

Er hielt sich das Paket seitlich ans Ohr und schüttelte es,
doch er konnte nur wenig hören. Vielleicht so etwas wie
Sägespäne oder loses Verpackungsmaterial das hin und
her rutschte. Auch kam es ihm viel zu leicht vor.
„Die werden mir doch wohl nicht einen leeren Karton
geschickt haben?", fragte er sich ängstlich.
Er begutachtete die Schachtel und konnte ein paar
Luftlöcher ausmachen, die ihn wieder etwas beruhigten.

Trotzdem, ein ungutes Gefühl hatte von ihm Besitz
ergriffen. Erwartete er doch, dass sich in diesem
Pappkarton etwas bewegen würde. Etwas Lebendiges
sollte sich doch einfinden und mit etwas mehr an
Gewicht hätte er eigentlich auch gerechnet.

Der kleine Sebastian ging mit seinem Päckchen in die
Werkstatt und stellte es auf dem Boden ab. Dann suchte
er nach einem Messer oder einer Schere.

Er brauchte irgendetwas, mit dem er das Paket vorsichtig öffnen konnte.

Mit einem abgebrochenen Messer wurde er schließlich fündig.

Ganz langsam und sachte ritzte er den Karton am Rand auf und sah hinein. Doch außer Sägespänen und Putzwolle war nichts zu sehen, geschweige denn zu hören.

Jetzt wurde es ihm richtig mulmig zumute und er bekam es mit der Angst zu tun, dass sein Geschenk unterwegs vielleicht entkommen wäre, oder dass es jemand entwendet und ihm den leeren Karton weiter geschickt hätte. Beherzt aber doch vorsichtig schüttete er nun den Inhalt des Kartons auf den Werkstattboden, und nachdem alles Verpackungs- und Isoliermaterial herausgefallen war, sah er, wie sich ein nur handgroßes, schwarzes Knäuel auf vier kleinen Pfötchen dagegen sträubte, an das Tageslicht zu kommen.

Hätte dieses Knäuel mit zwei schwarz funkelnden Augen, anstatt Ballen an den Pfötchen, Gummischuhe angehabt, man hätte es quietschen gehört, als es widerspenstig aus dem schräg gehaltenen Pappkarton herausrutschte.

Zitternd und bibbernd stand der kleine Zwergschnauzer-Welpe, vor ihm auf dem kalten Boden und nachdem er sich kurz geschüttelt hatte, hob er sogleich an der nächstbesten Ecke eines seiner kurzen Beinchen und als erste Tätigkeit in seinem neuen Haus markierte er die Wand.

Sebastian war schwer beeindruckt ob dieser Handvoll Dreistigkeit und strahlte vor lauter Vergnügen.
Es sollte der Beginn einer wundervollen Freundschaft werden.

Bushaltestelle (Winter 2010)

Zusammen mit ihrer Freundin hatte sie einen schönen Nachmittag verbracht. Trotz Schneetreibens und Kälte waren sie beide über eine Stunde durch die naheliegenden Auenwälder gestapft und vor lauter Reden und Lachen merkten sie gar nicht, wie schnell die Zeit verflog. Sie belohnten ihre körperlichen Aktivitäten mit heißem Kaffee und warmem Apfelstrudel und danach gönnten sie sich noch einen guten Glühwein.
Genau wegen diesem, der fest eingeplant war, kam sie auch nicht mit dem eigenen Auto angefahren, sondern zog es vor, den öffentlichen Nahverkehr in Form des Linienbusses zu nehmen.

Es war zwar jetzt erst viertel vor sechs Uhr abends, doch die Dunkelheit hatte schon längst Einzug gehalten, als sie sich endlich aufraffte, um die nur wenige Meter entfernte Bushaltestelle aufzusuchen.

Eigentlich hätte sie durchaus etwas länger in der warmen Stube verweilen dürfen, doch nun stand sie da, in dieser von hohen Thujas eingesäumten Ausbuchtung und wartete in der Eiseskälte auf den Bus.

So langsam hatte sie sich an die Dunkelheit gewöhnt und so begann sie, sich ihre Umgebung genauer anzusehen. Sie sah durch die Hecke hindurch zu dem Haus, das ihrer Freundin gehörte und nur noch der vage Lichtschein einer Straßenlaterne vermochte es, ihr zu zeigen, dass die Rollläden blickdicht, lichtundurchlässig und womöglich auch noch schalldicht, heruntergelassen worden waren.

Sie sah auf die Tafel mit den Abfahrtszeiten, doch in der Dunkelheit konnte sie hierauf gar nichts erkennen.

Da fiel ihr ein, dass sie ja die kleine Taschenlampe am Schlüsselbund trug und mit dieser, leuchtete sie auf die Zahlenreihen.

Leider war genau an dem Punkt, wo sich die fragliche Minutenzahl befand, ein Spinnenschiss vorhanden und sie musste unwillkürlich mit dem Kopf schütteln.

Ach was soll´s, wird schon passen, dachte sie sich und nahm nun ihr Handy, um die Uhrzeit abzurufen.

Zwei Minuten noch, bis der Bus kommen müsste.

Wieder sah sie sich um und stellte fest, dass weit und breit keine Menschenseele zu sehen oder zu hören war.

Der eisige Wind pfiff ihr um die Ohren und sie schlotterte schon vor Kälte, als sie endlich das vertraute Gebrumm eines Dieselmotors hörte.

Kurz vor der Einbuchtung nahm sie den Blinker wahr und dachte im ersten Moment, dass es sich doch schon um den Bus handeln müsste. Im nächsten Augenblick begriff sie, dass er dann aber zu früh dran wäre und wenn sie nun im Haus gewartet hätte, sie den Bus dann wohl versäumt hätte.

Da erst erkannte sie, dass es sich nicht um den Linienbus handelte, sondern um einen Kastenbus mit ausländischem Kennzeichen und schlagartig überfiel sie eine ungeahnte Ohnmacht, als sie begriff, in welcher Gefahr sie schwebte.

Der Kastenwagen, der außer am Führerhaus, keine Fenster hatte, hielt genau vor ihr an, sodass die Bushaltestelle komplett uneinsehbar war.

Wenn jetzt die Schiebetüre aufginge und die fremden dunklen Gestalten, von denen sie nicht einmal wüsste, welcher Nationalität sie angehörten, sie in den Wagen zögen - kein Mensch würde etwas sehen oder hören.
Sie wäre sang- und klanglos verschwunden und nichts und niemand könnte ihr zu Hilfe eilen.
Ihr erstickter Schrei wäre in nichts verhallt und sie würde niemals wieder an ihrem Zielort ankommen.
Die Reifenspuren und alles, was darauf hindeuten könnte, dass sich hier eine wartende Person befunden hatte, wären in Kürze bereits vom frisch gefallenen Schnee verdeckt gewesen.

Was könnten sie von ihr wollen?
Sie entführen und Lösegeld verlangen?
Sie verschleppen und verkaufen?
Würden sie ihr Gewalt antun?
Sie ausrauben und in die Gosse werfen?

Warum musste sie auch darauf bestehen nur wegen des Glühweins auf die Fahrt mit dem eigenen Auto zu verzichten?

Ach, könnte sie es sich doch noch einmal anders überlegen, sie würde viel lieber doch nicht mit dem Bus fahren. Sie könnte zuhause ja auch einen Glühwein trinken und würde sich dann sicherer fühlen.

All das schoss ihr innerhalb eines Sekundenbruchteils durch den Kopf, als der Fahrer des Kastenbusses die Beifahrerfensterscheibe herunterließ und sie freundlich fragte, ob sie ihm sagen könne, wo sich denn hier in dieser Ortschaft die Post befände?

Ein verpatztes Rollenspiel – (zeitlos)
Oder: Wieso sie glaubt, schuld daran zu sein, dass es keinen Weltfrieden gibt

Früher, als sie noch Kinder waren, lang, lang ist es her und doch kommt es ihr so vor, als sei es erst gestern gewesen, probten sie in der Schule über viele Wochen hinweg das Krippenspiel, welches alljährlich am Heiligen Abend in der Kirche zur Kindermette aufgeführt wurde.

Der Regisseur, der Herr Pfarrer höchstpersönlich, trichterte den Kindern ein, wie sie ihre Rollen zu spielen hätten, er begleitete sie bei den Gesangseinlagen mit seiner Gitarre, dirigierte den Flötenchor und er gab ihnen auch Tipps, wie sie sich ihre Texte leichter merken könnten:
"Logisches Denken...", so beschwor er sie,
"...ist die halbe Miete! Überlegt Euch einfach, welcher Text nun fehlen würde und wer somit an die Reihe kommen könnte..."

Sie war sehr stolz darauf mitwirken zu dürfen, auch wenn sie lediglich einen Hirten darstellen sollte.
Doch die wenigen Worte, die sie zu sagen hatte, waren besonders wichtig: "Sehet oh Freunde, der Stern von Bethlehem hat uns den Weg zum Christuskind gezeigt!"
Und der Herr Pfarrer ermahnte sie eindringlich vor allem die letzten Worte nicht zu vergessen:

"Und Friede allen Menschen auf Erden."

Alles lief perfekt. Die Flötenspieler/innen flöteten die schönsten Weihnachtslieder, der Herr Pfarrer begleitete sie dabei mit seiner Akustik-Gitarre, die Mitwirkenden gaben ihr Bestes und alle Kinderaugen leuchteten wie die Sterne in dieser klaren, Hochheiligen Nacht ...

Gerade hatte sie ihren ersten Teil des Textes gesprochen, als Josef und Maria das Jesulein präsentierten und ihr das Stichwort zuriefen: "Denn Gottes Sohn ward uns in dieser Nacht geboren."

Leider, leider war sie mit ihren Gedanken der Vorstellung ganz offensichtlich bereits entflohen und sah sich zu Hause unter dem Christbaum sitzend mit vielen Geschenken überhäuft. Und so verpasste sie doch noch, den für die Menschheit so wichtigen Einsatz.

Erst als die Flöten erneut erklangen und das Krippenspiel somit beendet war, sah sie in die etwas traurig dreinblickenden Augen des Herrn Pfarrers, der nach der Mette jedoch, ALLE, ohne Ausnahme, in den höchsten Tönen lobte.
Trotzdem versank sie sprichwörtlich vor Scham im Boden und deshalb möchte sie ihr damaliges Vergehen wieder gut machen, indem sie allen wünscht:

"Und Friede sei allen Menschen auf Erden!"

Bisher erschienen von Anna Dorb

„Haben Sie den Herrn Hämpfel gesehen?"
Erzählungen eines immermüden Nimmersatt
Band I
ISBN: 978-3-8370-3165-2

Herr Hämpfel - seines Zeichens ein zugelaufener Kater, erzählt mit seinen Worten spezielle Szenen aus seinem bisherigen Leben.
Vor Publikum versucht er zwar, den Macho herauszukehren, kann jedoch einfach nicht aus seiner Haut.
Sein inneres Wesen entspricht mehr dem eines Plüschtieres, das nichts und niemandem etwas zu leide tun könnte.
(Außer es ist kleiner als er, - dann gehört's der Katz!)

Humorvoll niedergeschrieben und dargestellt mit vielen Bildern und Illustrationen, lässt er uns teilhaben an seinen Erlebnissen, Abenteuern und Frechheiten.
Nicht nur für alle, die kleine Tiger gerne haben.

„Neues von Herrn Hämpfel"
Das Vorderhaustürtier plaudert aus dem Nähkästchen
Band II
ISBN: 978-3-8370-3956-6

Herr Hämpfel - die alte Plaudertasche kann einfach nichts für sich behalten:
Ob es sich um Begegnungen mit wilden Tieren, so mancher Eigenheiten seiner „Herbergseltern", oder nachbarschaftliche Aktivitäten handelt.
Nichts ist ihm heilig und alles, was ihn bewegt, wird gnadenlos preisgegeben.
Dabei spielt es für ihn auch keine Rolle, dass seine eigenen Gebrechen, die ihn offensichtlich am meisten beschäftigen, in den Vordergrund geraten.
In seiner gewohnt schrulligen Weise berichtet er über Ermittlungen und Beobachtungen aller Art und bei so mancher seiner Geschichten wird uns der Ausdruck für echtes Erstaunen entlockt.
Reich bebildert.

„Was nun Herr Hämpfel?"
Ein Kater ist in die Jahre gekommen
Band III

Empfehlungen:
„Gedichte und Moritaten" aus Hädefeld
(Marktheidenfeld) von Edwin Brod
ISBN: 978-3839166635

Einige ausgesuchte Werke des Marktheidenfelder
Bänkelsängers Edwin Brod zumeist in original "Hädefelder" Mundart.

Was denn, Sie können kein Hädefeld´risch?
Na, dann wird es aber allerhöchste Eisenbahn. Oder wie heißt es so schön:
"Liewer schpet als gar net."

Ein kleiner Tipp:
Man lese oder singe (je nachdem) dieses Buch am besten mehrfach und
laut vor sich hin.
Mit der Zeit wird dann nicht nur die Aussprache immer besser, sondern
auch das Verständnis für die Bedeutung der einzelnen Beiträge, die ebenso
hintersinnig wie scharfsinnig den wahren Kern erfassen.
Absolut typisch für den trockenen, direkten und unverblümten Humor
dieses waschechten Unterfranken.

„Die Bänkelsänger von Hädefeld"
Von Edwin Brod ISBN: 978-3839189153

Humoristische Meinungskundgebungen in Form von Liedern und Gedichten, über Politik, Kirche und Zeitgeschehen zwischen 1955 und 1998, rund um Marktheidenfeld und dem Spessart, in original "Hädefelder" Mundart.

Pressestimme:
Mir höm scho ganz anneri Sache gemacht!
(Übersetzung: Wir haben schon ganz andere Sachen gemacht!)
(...)Viele Jahre waren die "Bänkelsänger" eine feste Größe im Marktheidenfeld, lange bevor der "Vereinsring" und der daraus hervorgegangene Fachingsverein "Die Lorbser" den Frohsinn in organisierten Bahnen lenkte. Schon Mitte der 50er Jahre hatten sich Edwin Brod, Arthur Väth und Bruno Schäfer beim Spessartverein zusammengefunden, um zur Fasenacht mit Gesang und Reim das Ortsgeschehen auf die Schippe zu nehmen. In den 80er Jahren kamen Kurt Väth, Ludwig Leutbecher und Hans Schmöger dazu. Die "dichterische Kraft" blieb Edwin Brod, dessen beide Söhne Markus und Ludwig, wie auch Johannes Väth, zwischendurch bei Auftritten mitwirkten.(...)
MAIN-POST, Januar 2011

„Die wohl charmanteste Art der Nachrichtenverbreitung"
Elisabeth Welker